旅行的艺术

[英]阿兰·德波顿 著

南治国 彭俊豪 何世原 译

ALAIN DE BOTTON

阿兰·德波顿作品集

上海译文出版社

文学的意义
——新版作品集代总序

阿兰·德波顿

在人类为彼此创造的艺术形式和作品中，有一个门类占据了最大比重，即以某种形式探讨伤痛。郁郁寡欢的爱情，捉襟见肘的生活，与性相关的屈辱，还有歧视、焦虑、较量、遗憾、羞耻、孤立以及饥渴，不一而足；这些伤痛的情绪自古以来就是艺术的主要成分。

然而在公开的谈论中，我们却常常勉为其难地淡化自身的伤情。聊天时往往故作轻快，插科打诨；我们头顶压力强颜欢笑，就怕吓倒自己，给敌人可乘之机，或让弱者更为担惊受怕。

结果就是，我们在悲伤之时，还因为无法表达而愈加悲伤——忧郁本是正常的情绪，却得不到公开的名分。于是，我们在隐忍中自我伤害，或者干脆听任命运的摆布。

既然文化是一部人类伤痛、悲情的历史，那么，所有的问题都能予以修正，把绝望的情绪拉回人之常情，给苦难的回味送去应有的尊严，而对其中的偶然性或细枝末节按下不表。卡夫卡曾提出："我们需要的书（尽管也适用于其他任何艺术形式）必须是

002.

一把利斧，可以劈开心中的冰川。"换言之，找到一种能帮助我们从麻木中解脱的工具，让它担当宣泄的出口，可以让我们放下长久以来对隐忍的执念。

细数历史上最伟大的悲观主义者，他们中的每一人都能抚慰这种被压抑的苦楚。用塞内加的话说："何必为部分生活而哭泣？君不见全部人生都催人泪下。"或者就像帕斯卡的叹谓："人之伟大源于对自身不幸的认知。"而叔本华则留下讽刺的箴言："人类与生俱来的错误观念只有一个，即以为人生在世的目的是为了得到幸福……智者知道，人间其实不值得。"

这种悲观主义缓和了无处不在的愁绪，让我们承认：人生下来就自带瑕疵，无法长久地把握幸福，容易陷入情欲的围困，甩不掉对地位的痴迷，在意外面前不堪一击，并且毫无例外地，会在寸寸折磨中走向死亡。

这也是我们在艺术作品中反复遭遇的一类场景：他人也有跟我们同样的悲伤与烦恼。这些情绪并非无关紧要，也无须避之不及，或被认为不值思量。关键在于我们如何看待。艺术作品带我们走近那些对痛苦怀有深刻同情的人，去触摸他们的精神和声音，而且允许我们穿越其间，完成对自身痛苦的体认，继而与人类的共性建立连接，不再感觉孤立和羞耻。我们的尊严因而得以保留，且能渐次揭开最深层的为人真理。于是，我们不仅不会因为痛苦而堕入万劫不复，还会在它的神奇引领下走向升华。

不妨把自己想象成一组同心圆。所有一眼望穿的事物都在外圈：谋生手段，年龄，教育程度，饮食口味和大致的社会背景。不难发现，太多人对我们的认知停留在这些圈层。而事实上，更内里的圈层才包裹着更隐秘的自身，包括对父母的情感、说不出口的恐惧、脱离现实的梦想、无法达成的抱负、隐秘幽暗的情欲，乃至眼前所有美丽又动人的事物。

虽说我们也渴望分享内里的圈层，却又总是止步于外面的圈层。每当酒终人散，回到家中，总能听见心中最隐秘的部分在细雨中呼喊。传统上，宗教为这种难耐的寂寞提供了理想的解释和出路。宗教人士总说，人的灵魂由神创造，唯有神才能知晓其间最深层的秘密。人也永远不会真正地孤独，因为神总是与我们同在。宗教以其动人的方式关照到一个重要命题，意识到人对被深刻了解和赞赏的愿望何其猛烈，并且大方地指出，这种愿望永远也无法在其他凡人身上得到满足。

而在我们的想象空间里，取代宗教地位的是人和人之间的爱情膜拜，俗称浪漫主义。它朝我们抛来一个漂亮而轻率的想法，认为只要我们足够幸运和坚定，从而遇到那个被称为灵魂伴侣的高维存在，就有可能打败寂寞，因为他们能读懂我们的所有秘密和怪癖，看清我们的全貌，并且依然为这样的我们陶醉沉迷。然而，浪漫主义过后，满地狼藉，因为现实一再将我们吊打，证明他人永远无法看透我们的全部真相。

好在，除了爱情和宗教的诺言之外，尚有另一种可用来关照寂寞的资源，并且还更为靠谱，那就是：文学。

目　录

回归

译者序

文人与旅行的缘分，从来就是难解难分。

在中国，古人作诗为文，除了要求读万卷书，还讲求行万里路，不少文人在少年时代就开始壮游，所以有李白的"五岳寻仙不辞远，一生好入名山游"的豪兴，有陆游"君诗妙处吾能识，正在山程水驿中"的体悟，有诗界"诗思在灞桥风雪中驴子背上"的格言。在西方，作家同时也是旅行家（writer as traveler）也是广得认同的说法。毛姆一生酷爱旅行，足迹所至遍及印度、缅甸、马来西亚、中国及南太平洋中的一些岛屿，他还去过俄国和美洲。他的很多小说都和他的旅行经历相关，典型的，如《叶之震颤》（*The Trembling of the Leaf*，1921）中的8个短篇都是根据他在太平洋和远东地区的漫游和见闻而写成的。D·H·劳伦斯一生中大多数时间是在旅行中度过，在英国、德国、意大利、锡兰（今斯里兰卡）、澳大利亚、美国、墨西哥、法国等国家都能找到他漫游的足迹，他的小说《迷途的姑娘》、《亚伦的藜杖》、《袋鼠》、《羽蛇》等就是他在国外游历的产物。其他的许多作家，如康拉德、吉卜林、奥威尔等，在小说创作中都带有强烈的个人游历色彩。游历对作家的写作，诚有刘勰所谓的"江山之助"也。

文人与旅行的缘分，更多地体现在文人创作的游记作品。举凡稍有影响的作家，鲜有不写游记的。在中国，不仅有众多千姿百态的山水诗赋，也有缤纷粲然的山水游记。现代文人的游记，如沈从文的《湘行散记》、巴金的《海行杂记》、朱自清的《伦敦杂记》、王统照的《欧游散记》、郑振铎的《山中杂记》、《欧行日记》等，无一不是旅行时留下的心迹。

闲扯了这么多，现在该归入正题了。

阿兰·德波顿（Alain de Botton），这部《旅行的艺术》（The Art of Travel）的作者，无疑是文人，而且是当今英国文坛上正迅速上升的年轻新秀。生于1969年，已有3部小说、多部哲理性散文集行世。这本《旅行的艺术》创作于2002年，毫无疑问，它记录的也正是作为现代文人的德波顿的旅行，他在旅行中的沉思默想，以及这种沉思默想中升华出的关于旅行的智慧与机智。

《旅行的艺术》自问世以来，已经引起了读者和评论界的广泛关注。在欧洲、美国和澳洲，它一直摆在畅销书柜，在大约半年的时间里就卖出了40多万册。在《时代周刊》（The Times）、《文学评论》（The Literary Review）等欧美报刊上可以读到20多篇关于此书的评论。现今社会，各种旅行指南、各种关于旅行的感想充斥于书肆报摊，而德波顿的《旅行的艺术》一书却能博得读者此般青睐，原因何在呢？

首先，我们得承认，德波顿是一个知识渊厚且富有逻辑思辨能力的作者。他曾经是大学的哲学讲师，有着深厚的哲学素养，从苏格拉底、洪堡，到爱默生、尼采，他都有过系统的阅读。此外，对西方文学和艺术作品，他也有广泛的涉猎。因此，在论及"旅行"这一近乎陈词滥调的题材时，他不仅时时表现出理性的悟觉，而且还能结合福楼拜、波德莱尔等文学家的创作，参照凡·高、爱德华·霍珀等画家的作品，多方位地观照"旅行"、剖析"旅行"。我们不难发现，德波顿的旅程，以及他所探讨的旅程，更多的是一种哲性的思绪之旅，是一种穿越时空的文化之旅。他关注的主要是旅行者内心的世界，而不是外在的行程。正如他在书中指出：

　　旅行能催人思索。很少地方比在行进中的飞机、轮船和火车上更容易让人倾听到内心的声音。我们眼前的景观同我们脑子里可能产生的想法之间存在着某种奇妙的关联：宏阔的思考常常需要有壮阔的景观，而新的观点往往也产生于陌生的所在。

德波顿倾听的是旅程中旅行者内心的声音，关注的是陌生场域里可能生发的奇思异想，或者是日常场景中的独到而用心的感悟。正因为如此，他认为，如果我们在加油站，还有汽车旅馆等地方发现了生活的诗意，如果我们为机场和火车车厢所吸引，其原因也许是我们明确地感觉到这些偏僻孤立的地方，尽管它们在设计上是如何的不完美、不舒适，在色彩上是如何的不含蓄，在灯光

004.

上是如何的不柔和，但它们给我们提供了一种实实在在的场景，使我们能暂时摆脱因循僵滞的日常生活中难以改易的种种自私的安逸、种种陋习和拘囿。他对飞机场的感悟、对霍珀的《自动贩卖店》中女主人公的孤独和哀婉的体认，还有他在马德里街头深得三昧的踯躅等，都能看出他飞扬的哲思、渊博的学识，也能看出他运笔时的匠心和敏悟。

总之，旅行，从出发时的期待和回返时的结果来看，情形可能非常吊诡，但真正的旅行，就德波顿而言，必须是哲理和文化层面上旅者的心灵与旅行地之间的共通和默契。

其次，德波顿也是一个非常感性的旅人。

谈及《旅行的艺术》一书的创作意图，德波顿曾明确表示，此书并非是一本旅行指南，他也无意涉及旅行的各个方面或者着意于探讨旅行之深义。他说，他只是想记下他对不同地方的不同感受，因此，对读者质疑《旅行的艺术》一书没有包括出发之前的"整装待发"的环节非常恼火，因为，他的真实意图并不在于为读者设计一个完整的行程，而是在于营造一种情绪，借其流动或跳跃，铺展开来，为全书提供整体感。情绪的飘忽和绵绵才是德波顿追求的极致。

在这一点上，德波顿是非常成功的。他的敏感不仅体现在对文学和艺术作品与旅行地之间的奇妙关联的感悟上，如凡·高的画作与普罗旺斯，福楼拜的创作与东方情调等，而且他从不漠视旅行中许许多多司空见惯的细小环节。如他对旅程中飞行的感性表述：

飞机的起飞为我们的心灵带来愉悦，因为飞机迅疾的上升是实现人生转机的极佳象征。飞机展呈的力量能激励我们联想到人生中类似的、决定性的转机；它让我们想象自己终有一天能奋力攀升，摆脱现实中赫然迫近的人生困厄。

云朵带来的是一种宁静。在我们的下面，是我们恐惧和悲伤之所，那里有我们的敌人和同仁，而现在，他们都在地面上，微不足道，也无足轻重。也许我们早已参透了这样的真谛，但现在，我们倚着飞机冰凉的舷窗，这种感觉变得从未有过的真切——我们乘坐的飞机是一位渊博的哲学老师，是听从波德莱尔的召唤的信徒：

列车，让我和你同行！轮船，带我离开这里！

带我走，到远方。此地，土俱是泪！

富有哲思，同时又非常感性，并辅之以洗炼的语言，沉蕴却不失机智的笔调，这就是《旅行的艺术》的最突出的特点。

旅行是什么，德波顿并不想急于提供答案；旅行为什么，德波顿似乎也不热心去考求。但是，释卷之后，我相信每个读者都会得到一种答案——这答案，既是思辨的，也是感性的；既酣畅淋漓，又难以言说，因为，它更像是一种情绪，令人沉醉而不自知……

翻开这本书，你踏上的将是一次异乎寻常的阅读旅程。我深信，德波顿无处不在的智慧和机智将影响甚至改变你对旅行的看法，并有可能改变你日后的旅行心态和旅行方式。

南治国于星洲华岗

出　发

DEPARTURE

I 对旅行的期待
On Anticipation

地点	哈默史密斯，伦敦	巴巴多斯

向导	于斯曼

1.

　　时序之入冬，一如人之将老，徐缓渐近，每日变化细微，殊难确察，日日累叠，终成严冬，因此，要具体地说出冬天来临之日，并非易事。先是晚间温度微降，接着连日阴雨，伴随来自大西洋捉摸不定的阵风、潮湿的空气、纷落的树叶，白昼亦见短促。其间也许会有短暂的风雨间歇，天气晴好，万里无云，人们不穿大衣便可一早出门。但这些都只是一种假象，是病入膏肓者临终前的"回光返照"，于事无补。到了12月，冬日已森然盘踞，整座城市每天为铁灰色的天空所笼罩，给人以不祥之兆，极类曼特尼亚[1]或韦罗内塞[2]的绘画作品中晦暗的天空，是耶稣遇难图的绝佳背景，也是在家赖床的好天气。邻近的公园在雨夜的路灯下，满眼泥泞和积水，甚是荒凉。有一晚，大雨滂沱，我从公园走过，忽地记起刚刚逝去的夏日，在酷暑中，我曾如何躺在草地上，伸展四肢，任光脚从鞋中溜出，轻抚嫩草；我还记起那种和大地的直接接触如何让我觉得自由舒展：夏日里没有惯常的室内、户外之别，置身大自然时，我有如在卧室里一般自在。

1　Mantegna, Andrea（1431—1506），意大利文艺复兴初期巴杜亚画派画家。——译者

2　Veronese, Paolo（1528—1588），16世纪威尼斯画派的主要画家和著名的色彩大师。——译者

但现在，眼前的公园再次变得陌生，连绵的阴雨中，草地已无从涉足。此时，任何的哀愁，任何得不到快乐和理解的担忧，似乎都能在那些暗红砖石外墙、浸得透湿的建筑，以及城市街灯映照下略泛橙色的低沉的夜空中找到佐证。

这样的天气，以及这个时节发生的一系列的事件（似乎应验了詹佛[1]的名言，一个人每天早晨都得吞食一只癞蛤蟆，这样才能保证他在日间不会遇上更恶心的事），使我很自然地想起了一件事：一天下午，几近黄昏，我意外地收到了一大本色彩亮丽、名为《冬日艳阳》的画册。画册的封面是一大片的沙滩，还可以看见沙滩边缘湛蓝的海。沙滩另一边，是一排棕榈树，多数斜立着，再往后，是画面中作为背景的群山；我能想象那山中有瀑布，想象得出山中飘香果树下的荫凉，体会从酷热中解脱的惬意。画册里的摄影图片让我不禁想起描绘塔希提岛的油画——那是威廉·霍奇斯和库克船长一起旅行时创作的作品，画面中，夜色轻柔，热带礁湖边，土著少女在繁茂的簇叶中无忧无虑地（赤脚）欢跳。1776年严冬，霍奇斯首次在伦敦皇家艺术院展出这些油画，引起了人们对美景的好奇和向往，而且，从那以后，这类图景一直都是热带风情画的范本；自然，这本《冬日艳阳》也不例外。

---

1 Chamfort, Sebastien-Roch Nicolas（1940？—1994），法国剧作家。——译者

威廉·霍奇斯:《重游塔希提岛》, 1776 年

那些设计和制作这份画册的人也许还不知道画册的读者是多么容易为那些摄影图片所俘虏，因为这些亮彩的图片，如棕榈树、蓝天和银色沙滩等，有一种力量，使读者智识受挫，并完全丧失其自由意志。在生活中别的场合，他们原本谨慎，敢于质疑，但在阅读这些图片时，他们却不假思索，变得异常的天真和乐观。这本画册所引发出的令人感动，同时让人伤感的向往便是一个例子，它说明了人生中许许多多的事件（甚至是整个人生）是如何为一些最简单、最经不起推敲的快乐图景所影响；而一次开销巨大，超出经济承受能力的旅程的起因又如何可能仅仅只是因为瞥见了一张摄影图片：图片里，一棵棕榈树在热带微风中轻摇曼舞。

我决定到巴巴多斯岛旅行。

2.

如果生活的要义在于追求幸福，那么，除却旅行，很少有别的行为能呈现这一追求过程中的热情和矛盾。不论是多么的不明晰，旅行仍能表达出紧张工作和辛苦谋生之外的另一种生活意义。尽管如此，旅行还是很少迫使人去考虑一些超越实际、需要深层思索的哲学层面的问题。我们经常得到应该到何处旅行的劝告，但很少有人告诉我们为什么要到那个地方，又如何到达那个地方，尽管旅行的艺术会涉及一些既不简单，也非细小的问题，而且，对旅行的艺术的研究可能在一定意义上（也许是微不足道的）帮

助人们理解希腊哲人所谓的"由理性支配的积极生活所带来的幸
福"（eudaimonia）或人类昌盛。

3.

在对旅行的期望和旅行的现实的关系上总会出现一个问题。
我碰巧读到于斯曼 [1] 的小说《逆流》。小说发表于 1884 年，主人公
德塞森特公爵是一个衰朽厌世的贵族，正筹算一趟伦敦之旅，他
百般思索，分析了对一个地方的想象和实际情形之间令人极度沮
丧的差异。

在于斯曼的小说中，德塞森特独自住在巴黎市郊的一处宽敞
的别墅。他几乎足不出户，因为这样，可以使他避免看见他所以
为的人之丑陋和愚蠢。他还年轻时，一天下午，冒险到附近的村
子去了几个小时，结果发现他对他人的憎恶更甚。从那以后，他
决意一个人躺在书房里的床上，阅读文学经典，同时构想自己对
人类的一些尖酸刻薄的想法。但有一天清早，德塞森特突然有一
种强烈的意愿，想到伦敦旅行。这变化，连他自己都觉得吃惊。
在到伦敦旅行的意念萌生之时，他正坐在火炉边读一本狄更斯的
小说。这小说引发了他对英国人的生活情形的种种想象。事实上，

---

1 Huysmans, Joris-Karl（1848—1907），法国作家，此处提到的《逆流》
  一书是他的代表作。——译者

对此他之前已冥思良久，只是现在，他热切地盼望能亲眼一睹。
兴奋已让他难以自持，所以，他差使仆人打点好行装，他自己呢，
则身着灰色花呢套装，脚蹬一双系带短靴，头戴一顶圆顶礼帽，
还披了件蓝色亚麻长斗篷，搭乘最早的一趟火车去了巴黎。离开
往伦敦的火车正式出发还有些时间，他走进了里沃里大街[1]的加利
尼亚尼英文书店，买了一本贝德克尔[2]的《伦敦旅行指南》。书中
对伦敦名胜的简练描述让他觉得美不胜收。接着，他走到附近的
一间英国人常来光顾的酒吧。酒吧里的氛围活脱脱是狄更斯小说
中的场景：他想起了小杜丽，朵拉·科波菲尔和汤姆·品奇的妹
妹露丝坐在和这酒吧间相似的温馨明亮的小屋里的情形。酒吧里
的一位顾客有着威克费尔德先生一般的白发和红润肤色，而其分
明的面部轮廓、木然的表情和无精打采的眼神又让人想起塔金霍
恩先生。

德塞森特觉得有些饿，便到了隔壁的一家英式小餐馆。餐馆
在阿姆斯特丹街，靠近圣拉扎尔火车站。餐馆里光线昏暗，烟雾
弥漫，柜台上摆着一长排啤酒，还摊着小提琴般褐色的火腿，以
及番茄酱般红色的大龙虾。一些小木餐桌旁，坐着健硕的英国女
人。她们的长相很男性化，露出硕大的牙齿，有如调色刀；她们
手脚粗长，脸颊像苹果般红通通的。德塞森特找了一个桌子坐下，

1　Rue de Rivoli，拿破仑帝国时期改建的巴黎一条大街，位于卢浮宫北侧，
　　底层为高级礼品商店。——译者

2　Baedeker，德国出版商，以出版导游书册闻名于世。——译者

点了牛尾汤，烟熏鳕鱼，还要了一份烤牛肉和土豆，几杯麦芽酒和一大块斯提耳顿干酪[1]。

随着火车离站时刻的迫近，德塞森特对伦敦的梦想行将变为现实，但就在这个时刻，他忽地变得疲乏和厌倦起来。他开始想象自己若真的去伦敦该是如何的无聊和乏味：他得赶到火车站，抢个脚夫来搬行李，上了车，得睡在陌生的床上，之后还得排队下车，在贝德克尔已有精到描述的伦敦街景里拖着自己疲惫的身子瑟瑟前行……想及这些，他的伦敦之梦顿时黯然失色："既然一个人能坐在椅子上优哉游哉捧书漫游，又何苦要真的出行？难道他不已置身伦敦了吗？伦敦的气味、天气、市民、食物，甚至伦敦餐馆里的刀叉餐具不都已在自己的周遭吗？如果真到了伦敦，除了新的失望，还能期待什么？"仍然是坐在椅子上，他开始了自我反省："我竟然不肯相信我忠实可信的想象力，而且居然像老笨蛋一样相信到国外旅行是必要、有趣和有益的，我一定是有些精神异常了。"

结果自然是，德塞森特付了账单，离开餐馆，依旧是搭上最早的一趟火车回到了他的别墅。一起回家的当然还有他的行李箱、他的旅行包、他的旅行毛毯、他的雨伞和他的拐杖。自那以后，他再也没有离开过他的家。

---

1 Stilton Cheese，英国一种有青霉的半硬干酪。——译者

4.

实地的旅行同我们对它的期待是有差异的，对此观点，我们并不陌生。对旅行持悲观态度的人——德塞森特应该是一个极佳的典范——因此认为现实总是让人失望。也许，承认实地的旅行和期待中的旅行之间的基本"差异"，这样才会更接近真实，也更有益。

经历了两个月的期待，在2月的一个晴朗的下午，我和我的同伴抵达了巴巴多斯的格兰特利·亚当斯机场。从下飞机到低矮机场大厅间的距离很短，但却足以让我感到气候的剧烈转变。才几个小时，我就从我所居住的地方来到了一个闷热潮湿的所在，这种天气，在我所居住的地方，5个月后方会来临，而且，闷热潮湿的程度也不会如此难耐。

一切都和想象相异——相形于我的想象，这里的一切简直就让我吃惊。在这之前的几周里，只要想到巴巴多斯岛，萦绕脑际的不外乎是三种恒定的意象，它们是我在阅读一本相关的宣传册和航空时刻表时开始构想并凝固成型的：其一是夕阳下挺立着棕榈树的海滩；其二是一处别墅式的酒店，从落地窗看过去，是铺着木质地板、有着洁白的亚麻床罩的房间；其三呢，则是湛蓝无云的天空。

如果有人要问，我自然会承认岛上还有别的东西，只是我不需要它们来构建我对巴巴多斯岛的印象。我的行为就像是经常到剧院看演出的观众，仅从背景画布上的一棵橡树或一根多利斯型的柱子便能自然地想象剧台上的一切都发生在舍伍德森林或古罗马。

然而，一踏上巴巴多斯岛，我就意识到"巴巴多斯"这一词还应包含太多的内涵。譬如说，一个巨型的储油设施，上面印着英国石油公司的黄绿两色的标志；穿着一尘不染的褐色制服的移民局工作人员坐在用夹板钉起来的箱子上，带着一点好奇，漫不经心地翻阅入境游客的护照（有如一个学者在翻阅图书馆闭架书库里的手稿），而等候入境的游客队伍已排出机场大厅之外，延伸到飞机跑道的边缘；在行李传送带上方印着朗姆酒的广告，在海关的过道上挂着总理像，在迎宾大厅有外币兑换处，在机场大厅之外是成群的出租车司机和导游……如此繁复的景象扑面而来，如果说它们可能对我产生什么影响，那就是它们奇怪地让我更难看到我本想来此一睹真容的巴巴多斯岛。

在我的预期中，机场与饭店之间是一段空白。从行程安排表的最后一行到酒店房间之间本应空无一物（很押韵的一句"15点35分抵达巴巴多斯酒店房间2155"）。我的脑子里本来空空的，可现在心里却涌起对一些景象的不满，如塑料垫已破烂的行李传送带，堆满烟灰的烟缸上两只翻飞的苍蝇，迎宾厅里转动着的巨型电扇，仪表板有假豹皮镶边的白色出租车，机场外大片荒地上一只无家可归的狗，环形交叉路口立着的"豪华公寓"的广告，一个叫"巴达克电子公司"的工厂，一排用红、绿色铁皮做屋顶的建筑，一辆车子前后门之间立柱的橡皮上写着的小小的"大众汽车公司，沃尔夫斯堡"的字样，一处不知名的色彩艳丽的灌木<u>丛</u>，一个酒店的接待前台，显示着 6 个不同地方的时间，墙上还用图钉固定着一张写有"圣诞快乐"的贺卡，而圣诞节已过去了2 个月……到达几个小时后，我才慢慢将自己和想象中的酒店房间联系起来，只是我先前没有想到房间里的空调机是如此庞大，也没有料到洗手间只是用塑料贴面板分隔而成，上面还贴着告示，正告客人节约用水。

　　如果说我们往往乐于忘却生活中还有众多的我们期待以外的东西，那么，艺术作品恐怕难辞其咎，因为同我们的想象一样，艺术作品在构型的过程中也有简单化和选择的过程。艺术描述带有极强的简括性，而现实生活中，我们还必须承受那些为艺术所忽略的环节。一本游记，譬如说，可能会告诉我们叙述者"旅行"了一个下午赶到了山城 ×，而后在山城里的一座建于中世纪的修道院里住了一宿，醒来时已是迷雾中的拂晓。事实上，我们从不可能"旅行"一个下午。我们坐在火车上，腹中刚吃过的午餐在翻腾。座位的罩布颜色发灰。我们看着车窗外的田野，然后又回视车厢内。一种焦虑在我们的意识里盘旋。我们注意到对面座位的行李架上一个行李箱上的标签。我们用一个手指轻轻地敲打窗沿。食指的指甲开裂处勾住了一个线头。天开始下雨了。一颗雨滴沿着蒙满灰尘的车窗玻璃滑下，留下一道泥痕。我们在寻思车票放在哪里。我们又看着窗外的田野。雨还在下。火车终于启动了。火车经过了一座铁桥，然后不明缘故地停了下来。车窗上停

《驶近一座城市》，1946

《公路和树》，1962

5. 火车内和全部车辆的景观

《在电动火车上的一夜》，1920

《火车头》，1925

《293 号车厢 C 舱》，1938

《宾夕法尼亚的拂晓》，1942

《豪华列车》，1965

所有这些作品中，孤独是最常出现的主题。霍珀作品中的人物通常看起来都远离家乡；他们孤单地坐着或站着，在旅店床边上读着一封信，或在酒吧独饮；他们在行驶的列车上凝视窗外，或在旅店大堂捧书默读。看上去他们多愁善感，若有所思。他们也许刚刚离开了某个人，或是刚被某人所离弃；他们漂泊四方，居无定所，寻找工作、性和友伴。往往是在夜晚，窗外漆黑一片，人们可以感觉到他们置身开阔的乡村原野或面对一个陌生城市时的恐惧。

在《自动贩卖店》中，一位女士独坐，喝着一杯咖啡。夜深了，从她头上的帽子和身上的大衣看，外面很冷。用餐室看起来很大，空而亮。餐室的布置都比较实用，摆着石面餐桌，结实耐用的黑木椅子，墙壁刷得很白。画中的女士看上去并不习惯一个人坐在一个公共场合，显得有些不自在，还略带不安，似乎有什

着一只苍蝇……所有这些，可能还只不过是"他'旅行'了一个下午"这一意蕴繁杂却让人误解的句子中的"下午"的第一分钟里发生的一些事件。

如果要求一个讲故事的人给我们提供如此琐屑的细节，他必定很快恼怒不已。遗憾的是，现实生活就像是用这种方式讲故事，用一些重复、不着边际的强调和没有条理的情节惹我们厌烦。它坚持要向我们展示巴达克电子公司，向我们展示车厢里的安全扶杆、无家可归的狗、圣诞卡，还有那只先是停在那个堆满烟灰的烟灰缸边缘，进而停落在烟灰之中的苍蝇。

知晓了这些事实，我们便不难解释此种怪现状了，那就是在艺术作品和期待中找寻有价值的因素远比从现实生活中找寻来得容易。期待和艺术的想象省略、压缩，甚至切割掉生活中无聊的时段，把我们的注意力直接导向生活中的精彩时分而毋须润饰或造假，结果是，它们所展现的生活气韵生动、井然有序。这种气韵和秩序是我们纷扰错乱的现实生活所不能呈现的。

在加勒比海海岛上的第一个晚上，我躺在床上不能入眠，开始回顾自己的旅程（在房间外的小树丛里有蟋蟀的鸣叫，还有虫子活动时发出的声音），现时的纷扰迷乱居然已经开始淡逝，而有些事件则变得明晰起来：原来，在这种意义上，回忆和期待一样，是一种简化和剪辑现实的工具。

现时的生活正像是缠绕在一起的长长的胶卷，我们的回忆和期待只不过是选择其中的精彩图片。在我飞往巴巴多斯岛长达九

个半小时的旅程中，保存下来的记忆只不过六七个静止的画面。今天仍然留存的画面，便是飞行过程中支在座位上的小餐板。我在机场所有的经历，记忆中留存下来的也不过是手持护照等候审查入关的长长的队伍。我的各种经历已经压缩成一种清晰无误的叙述：我成了一位从伦敦飞来此岛并入住岛上酒店的旅客。

　　我早早地酣然入睡了，醒来时已是我在加勒比海边的第一个清晨——当然，在这简括的词句背后肯定会有许许多多并不简括的事实。

5.

　　德塞森特曾试图到英国旅行，在这之前的许多年，他还想过到另一个国家旅行，这个国家就是荷兰。在动身前，他把荷兰想象成特尼尔斯[1]、扬·斯丁[2]、伦勃朗[3]、奥斯塔德[4]的画作所描绘的地方。他期待那里有简单的家族生活，同时不乏肆意的狂欢；有宁静的小庭院，地上铺的是砖石，还可以看见脸色苍白的女仆倒

1　Teniers, David（1582—1649），佛兰德斯巴罗克时期画家。——译者

2　Steen, Jan（1626？—1679），荷兰画家。——译者

3　Rembrandt, Harmenszoon van Rijn（1606—1669），荷兰绘画大师。——译者

4　Ostade, Isack van（1621—1649），荷兰巴罗克时期风俗画和风景画家。——译者

牛奶。因此，他到哈勒姆和阿姆斯特丹旅行了一趟，结果当然是
大失所望。尽管如此，那些画作并没有骗人，荷兰人的生活确有
其简单和狂欢的一面，也有铺着砖石的漂亮庭院，能看到一些女
佣在倒牛奶，然而，这些珍宝都混杂在一大堆乏味的日常影像中
（如餐馆、办公楼、毫无特色的房屋、少有生机的田野等），只不
过荷兰的画家们从不在他们的作品中展现这些普通的事物而已。
旅行时，置身于真实的荷兰，我们的体验也因此奇怪而平淡，全
然不及在卢浮宫的荷兰画作展厅里浏览一个下午来得兴奋，因为
在这几间展室里，收藏有荷兰和荷兰人生活中最美好的方面。

有些荒谬的是，旅程结束后，德塞森特发现在博物馆里欣赏
荷兰画作更能让他体验到他所热爱的荷兰文化的方方面面，而这
种体验，是他带着 16 件行李和 2 个仆从到荷兰旅行时所没有的。

6.

在岛上的第一天早上，我醒得很早。披上酒店提供的睡袍，
我走到阳台上。东方出现了第一线曙光，天色是浅淡的灰蓝。一
晚喧嚣过后，一切的生灵，甚至于风都似乎在沉睡，是在图书馆
里的那种寂静。酒店房间往外，绵亘着的是宽阔的海滩。视野里
首先出现的是一些椰子树，而后是宽阔的沙滩和无垠的大海。我
越过阳台的低栏杆，穿行在沙滩上。大自然在这里充分展示她的
柔情。似乎是要着意补偿她在别的地方的粗鲁狂暴，大自然在这

雅各布·冯·雷斯达尔:《阿尔克马尔风景》, 1670—1675 年

里留下了一个小小的马蹄形海湾，并决意在且只在这里展呈她的慷慨和仁爱。椰子树提供阴凉和奶汁，沙滩上布满贝壳，沙子细腻润滑，是骄阳下饱满成熟的麦穗般金黄的颜色，还有那空气，即便在树阴下，也暖润十足，全然不同于北欧空气中的热度——脆弱不常，甚至在盛夏，空气中的温暖也总可能消失，取而代之的是其固执和特有的寒意。

在海边，我找了一把躺椅躺下。耳旁涛声絮语，像是一个友善的巨怪小心地从高脚酒杯里汲水时发出的声音。几只早起的海鸟带着黎明时的兴奋，在海空中疾飞。身后，从树的间隔看去，是度假房的椰纤屋顶。而呈现在眼前的是平缓的海滩，舒展着温柔的曲线，一直延伸到海湾尽头，再往后则是热带林木葱茏的群山。视野里的第一排椰子树朝着蔚蓝的大海不规则地倾斜，似乎故意伸长脖子，以更佳的角度迎向太阳，此情此景，正是我在画册上看到的情形。

然而，上面的描述并没有真切地体现我在那天早上的心境，因为我当时的心情不仅困惑，而且沮丧，全然没有当时的"此情此景"可能传寓的轻松。我也许注意到了几只海鸟带着黎明时的兴奋在海空中疾飞，但我当时的注意力为别的一些事件所分散，它们同"此情此景"既不相关也不协调，其中有在飞行途中开始发作的喉痛，担心同事可能没收到我将外出的通知，两个太阳穴发涨，以及越来越强烈的便意等。直到那时，我才第一次意识到一个先前被忽视的重大事实：在不经意中，我已经到了这个岛上。

　　我们专注于一个地方的图片和文字描述时，往往容易忘记自我。在家时，我的眼睛反复盯住巴巴多斯岛的每一张摄影图片，并没有想到眼睛其实是和身体，以及在旅行中相伴相随的我们的心智密不可分的；而且在很多情形下，由于它们的在场，我们眼之所见便部分甚至全部地失去了意义。在家中，我可以专注于酒店房间、海滩或天空的图片而忽略跟它们密切相关的复杂环境，而这些图片所反映的只不过是更宽广、更繁杂的生活的一小部分。

　　我的身体和心灵是难缠的旅伴，难以欣赏这趟旅行之美。身体觉得在岛上难以入眠，抱怨天气太热、抱怨这里的苍蝇以及酒店里难以下咽的饭菜；心智呢，则感到焦虑、厌倦，还有无名的伤感，以及经济上的恐慌。

　　我们曾期望持久的满足感，但实际情形并非如此，处在一个地方所得的幸福感和同一个地方联系在一起的幸福感似乎一定只能是短暂的。对于敏感的心智而言，这种幸福感显然是一种偶然的现象——只是在那么一个短暂的时刻，我们将过去和未来的一些美好的思绪凝合在一起，所有焦虑顿然释解；我们沉浸于周围世界，真切地感受它们。遗憾的是，这种状况很少能持续10分钟，在我们的意识里，新的焦虑总在生成，一如爱尔兰岛西岸的寒湿气流，每隔几天总要登岛一次。过去的胜利不再辉煌，将来的情形显得复杂不定，影响到眼前的美景，它们也变得像总在我们周围的其他景观一样，让人视而不见。

　　我开始发现了一种我所未曾料想到的事实：那个待在家里郁

郁寡欢的我和现在这个正在巴巴多斯岛的我之间是连续的，并无二致；而与这种连续性相对应的是风景和气候上的非连续性——在岛上，甚至这里的空气似乎都是用一种甜润的、全然不同的物质生成的。

第一天的上午 10 点左右，我和 M 躺在我们的沙滩小屋外的躺椅上。海湾的上空飘着一片似带羞涩的云朵。M 戴上耳机，开始细读埃米尔·涂尔干的《论自杀》。我则环顾四周。对旁观者而言，"我"就在我躺着的地方。但实际上，"我"，这里指的是思绪中的我，已确切地离开了躯体，正焦虑着未来，特别是担心午餐费用是否已含在房费之内。2 小时后，我们坐在酒店餐厅一角的餐桌旁享用着木瓜（午餐和当地消费税都包含在房费之内），那个曾离开躺椅上我的躯体的"我"又开始游离身外了，而且离开了巴巴多斯岛，到了一个在接下来的一年里我将要面对的问题工程的现场。

似乎早在几个世纪前，对于那些一直担忧未来事态的人们来说，其身上便有了一种非常重要的进化优势。这些先辈们也许未曾很好地享受他们的生命旅程，但至少他们生存下来了，并塑造了他们后人的性格。反观他们的兄弟，那些当初纵情和只关注当下处境的人，却落得惨死野牛角下的下场。

遗憾的是，我们很难回想起我们对未来近乎永恒的焦虑，因为当我们从一个地方旅行归来，最先从记忆中消失的便很可能是我们在刚刚过去的时间里对"将来"（即现在）是如何的焦虑，以及我们的思绪曾如何频繁地游离于旅行地之外。对一个地方的记

忆图景和对它的期待图景中都有一种纯正性：是这一地方本身让自己凸显出来。

如果在家里我还对巴巴多斯岛念念不忘，那也许是因为我从未认真仔细且长时间地阅览巴巴多斯岛的图片。假使我在桌上摆一张巴巴多斯岛的图片，强迫自己盯着它看上25分钟，我的心智和身体也自然会游移，为许多外在于巴巴多斯岛的焦虑所纠缠；我也许会因此更真切地体验到我们所身处的地方对我们心智的旅行的影响是如何之小。

这里出现了另一矛盾情形，只有当我们不必亲临某地去面对额外的挑战，我们方能最自如地置身其中，对此，德塞森特一定会感同身受。

7.

在我们动身离开的前几天，我和M打算在岛上四处走走。我们租借了一辆小型越野车，开着它往北，到一处叫苏格兰的崎岖陡峭的山地，那是17世纪奥利佛·克伦威尔[1]流放英国天主教徒的地方。在巴巴多斯岛的最北端，我们参观了动物花洞（Animal Flower Cave），那是海浪冲击石崖，在崖表留下的许许多多的洞

1　Crownwell, Oliver（1599—1658），英格兰军人和政治家，曾任英格兰、苏格兰、爱尔兰共和政体护国公。——译者

穴。洞穴里住满了巨大的海葵，在坑坑洼洼的石崖上铺蔓开来，当它们伸出触角时，看上去像是黄、绿色的花簇。

中午时分，我们开始往南，到达圣约翰的教区，在那里的一个林木葱茏的小山上，我们找到了一个餐馆，它位于一栋古老的殖民时期留下的建筑物的长廊内。餐馆的花园里长着炮弹树，还有开满花的非洲郁金香树，满树的花朵就像是倒悬的喇叭。从一页介绍词上我们获知这建筑和花园都是1745年安东尼·哈钦森爵士管理此地时建造的，造价显然非常高昂，耗费了10万磅食糖贸易之所得。沿着走廊，摆放着10张餐桌，正对着花园和大海。我和M在走廊的尽头找了一张桌子坐下，桌旁是开着叶子花的灌木丛。M点了一大份甜辣酱虾，我要了红酒海鱼片，里面放有洋葱和香草。我们谈论着殖民制度，还有在这里防晒霜（即便是最好的防晒霜）的不可思议的低效用。至于甜点，我们要了2份焦糖布丁。

甜点上来了，M的那份较大，但看上去像是曾经掉在厨房地板上然后再捡起来那样不成形状；我的一份则较小，但精致成形。餐馆服务员一走开，M便起身把她的盘子和我的盘子对换了一下。"别偷走我的甜点，"我有些生气地说。"我还以为你想要大的一份，"她回答道，一点也不给我情面。"你是想拿好的那份！""我并不是像你那样想的，我只是想对你好而已！别这样多疑好吗？""得了，对我好，把我的一份给我就行了！"

就这一会儿，我和M都感到了难堪，因为在那孩子气的口角背后，我们都感觉到了彼此不合、相互不信任的恐惧。

　　M极不友善地退回了我的甜点，只尝了两勺她的甜点，然后将盘子推到了桌子的一边。我们再也没有言语。付完账，我们便开车回酒店，车子引擎的声音掩盖了我们之间的强烈怨愤。我们不在时，酒店服务员整理了房间，床上换了干净的床单，矮柜上还摆放了花束，浴室里也放着新的大浴巾。我从浴室的毛巾架上扯了一条浴巾，走出房间坐在阳台上，狠狠地带上落地窗门。椰子树投下舒适的阴凉，在下午的微风里，它们交叉在一起的叶子不时地重新组合，变着样式。但是，虽有如此美景，我们却无快乐可言。几小时前的甜点之争，使我对任何实际的事物和任何美的景致都不能产生快感。舒适的浴巾、花朵和迷人的风景都变得与我无涉。我的情绪无法借助美好的外在事物而变得高昂起来；相反，如此完美的天气，还有晚上即将进行的海滩烧烤，让我觉得是一种羞辱。

　　那天下午，空气中搀杂着眼泪、防晒霜和空调冷气的味道，我们心境凄然；它提醒我们：人类情绪受制于一种僵硬和不宽容的逻辑，若我们想象眼前的美景可以带给我们快乐，而忽略这种逻辑，那我们就错了。无论是赏心悦目的事物，还是实实在在的东西，我们从中获取幸福的关键似乎取决于这样一个事实：那就是我们必须首先满足自己情感或心理上的一些更为重要的需求，诸如对理解、爱、宣泄和尊重的需求。我和M突然发现彼此承诺的恋情中充满了沟通障碍和怨愤，我们将不会，也不可能会安然享用华丽的热带花园和迷人的海滩木屋。

　　仅仅是一次发怒，居然让我们不再能够享受整个酒店的所有迷人之处。如果我们对这怒气的威力感到惊讶，那是因为我们曾经误解了影响我们情绪的关键因素。在家时，我们情绪低落，诅咒气候的恶劣，抱怨建筑物的丑陋，然而，到了热带岛屿上，在湛蓝天空下有着椰纤屋顶的小木屋里，一场争论过后我们明白的却是这样一个道理——天空的状态和我们所居住的建筑物的外表绝不能凭它们自身的力量保证让我们畅享快乐，或倍感凄然。

　　我们所进行的一些巨大的工程，诸如酒店的建造和海湾的疏浚等，同我们的一些细微和基本，却能消解这些宏伟工程留给我们的印象的心理情结形成了反差。人类文明的一切优势，竟然在我们遭遇这一次小小的争吵之后如此迅速地荡然无存！这些心理情结之难以应付，正说明了一些古代哲人的朴素且具讽刺意味的智慧：他们主动抛却浮华和俗世纠缠，住进小泥屋，甚至木桶里，并坚持认为构成幸福的关键因素并非是物质的或审美的，而永远是心理上的。薄暮时分，在海滩烧烤的火光所映照不到的暗处，我和 M 言归于好，这时，丰盛的烧烤晚宴相对我们当时的幸福而言，已经太不重要了！这也许再真切不过地印证了上述古代哲人的睿智。

8.

　　除了荷兰之行和未成行的英国之旅，德塞森特再也没有打算过到国外旅行。他就待在他的小别墅里，让自己置身于各式各样

的事物之中，这些东西让他很容易就享受旅行的精髓。他在墙上挂着各种彩色图片，上面标示着外国的城市、博物馆、酒店和开往瓦尔帕莱索或普拉特河的班轮，俨然是旅行社的宣传橱窗。在他卧室的墙上，贴满了框框条条，都是大的船运公司的班轮时刻表。他在一个水缸里养了些水草，还买来一只小帆船，一些船用的索具以及小的海员模型……借由它们，他能体验到远航的最大乐趣，却免去了航海中可能出现的任何不适。德塞森特用于斯曼的话表述自己的结论："想象能使我们平凡的现实生活变得远比其本身丰富多彩。"在任何地方，实际的经历往往是，我们所想见到的总是在我们所能见到的现实场景中变得平庸和黯淡，因为我们焦虑将来而不能专注于现在，而且我们对美的欣赏还受制于复杂的物质需要和心理欲求。

　　我还是抛开了德塞森特的干扰而出外旅行。尽管如此，有时候，我也和他一样，觉得最好的旅行莫过于待在家里，一边悠闲地翻着英国航空公司用《圣经》纸印刷的世界航班时刻表，一边在想象的国度里飞翔、遨游。

II 旅行中的特定场所
On Travelling Places

地点				
	高速公路 加油站	机场	飞机	火车

向导	波德莱尔	霍珀

1.

在伦敦通往曼彻斯特的高速公路旁，有一家用红砖搭建的加油站。加油站只有一层高，有玻璃橱窗，从那里可以俯瞰下方的高速公路，以及路旁单调的平坦无垠的原野。加油站的前院悬着一幅巨大的塑胶广告旗帜。上面的内容是一只煎鸡蛋、两根香肠和成堆的烤菜豆。它招揽来过路的司机，也吸引了邻近田野里的一群羊。

我是在傍晚时分到达这家加油站的。西边，天空正布满红霞。加油站的一边是一排景观树，在过往车辆持续低闷的噪音里，还能听到树丛里的鸟鸣。我已经在路上颠簸了 2 个小时，孤独地看车窗外天边的云起云聚；看路旁草坡外市镇里的灯火闪烁，看公路大桥和车窗外超前的大车小车的匆促背影……车厢里的空调机制冷时，总发出连续不断的噼哒声，像是有回形针不停地落在引擎罩上。下车时，我已觉昏眩。我的感官也需要调整，重新适应脚下坚实的土地，习惯拂面的微风和夜即将来临时似有若无的天籁。

餐馆里灯火通明，有些太过暖热。墙上挂着咖啡杯、糕点和汉堡包的巨幅照片。一位女招待在给自动饮料售卖机添加饮料。我拿了一只托盘，沿着金属台面滑过去，买了一块巧克力和一份橙汁，在餐馆全是玻璃窗的那一边找了位子坐下来。大块的窗玻璃被带状的米色油灰所固定，油灰湿湿的、黏黏的，我都禁不住

想用指甲去抠它。窗外，草坡往下，一直伸延到高速公路边。隔着窗玻璃看过去，6个车道的高速公路上车辆无声疾驰，车流优雅而对称，在渐浓的夜色里，每辆车的车型和颜色已不可辨，只能看见由红、白两色钻石般闪亮的车灯串成的彩带朝着相反的方向，伸展到无尽远处。

加油站里的顾客并不多。一位女士正悠闲地转动茶杯里的茶叶袋。一位男士和两个小女孩在吃汉堡包。一位年纪稍长蓄着胡须的男人在做填字游戏。没有人交谈。整个的氛围让人易于冥想，也会略觉伤感——只有隐隐约约的吹奏管乐的轻快节奏和柜台上一张照片里正要张口咬一块熏肉三明治的女人靓丽的微笑，让人稍觉轻松。餐厅正中央的天花板下悬着一只纸板箱，伴着空调出风口送出的微风不安分地晃动。纸板箱上写着餐馆的促销广告——买任何一种热狗即可获得免费的葱油圈。纸板箱形状奇怪，还倒置着，看来这并非完全是餐厅主管所设想的形状，一如罗马帝国偏远国土上的那些里程碑石，其形状背离了帝国中心标准的设计规范。

从建筑学的角度看，加油站的建构很糟糕。整个餐厅里都能闻到一股燃油味，还有地板清洁剂中柠檬香精的气味。餐厅提供的食物油腻腻的，餐桌上有星星点点已发干的番茄酱，这是早已离开的旅客留下的纪念。尽管如此，在我看来，这远离喧嚣、孑然独立在高速公路一旁高地上的加油站，还是有些诗意的。它的情状让我联想到别的一些同样能让人意外地发现诗意的地方，如

机场大楼、港口、火车站和小旅馆等；它也使我联想到一位 19 世纪作家和一位 20 世纪的画家的作品，这位 19 世纪的作家对人类较少注意到的旅行地点有着不同寻常的感知能力，受其启发，那位 20 世纪的画家找到了自己的创作灵感。

2.

夏尔·波德莱尔[1]于 1821 年生于巴黎。很小的时候，他就不愿待在家里。5 岁时，父亲死了。1 年后，他母亲再度结婚，对于继父波德莱尔没有好感。他被送到多所寄宿学校读书。由于不守校规，他一再地被这些寄宿学校逐出校门。长大后，他发现自己和中产阶层的生活格格不入。他和母亲、继父争吵，穿剧台上才使用的黑色斗篷，在自己的卧室里挂满德拉克洛瓦[2]的名画《哈姆莱特》的平版复制品。在日记中，他抱怨自己深受折磨，其根源之一是"一种可怕的病魔——对家的恐惧"，其次则是"幼年便有的孤独感。尽管有家人，特别是有学校里的朋友，但一种注定终生孤独的宿命感总也挥之不去"。

他梦想着能到法国以外的地方，一个很远很远的地方，在另一个大陆上，让他彻底忘却"平常的生活"——这是一个让他发

---

1 Baudelaire, Charles（1821—1867），法国诗人。——译者
2 Delacroix, Eugene（1798—1863），法国浪漫主义画家。——译者

怅的字眼。他梦想到一个更温暖的地方去，到《旅行的邀约》中的对偶诗句描述的神奇之所去，那里一切充满"秩序、美丽／华贵，静谧和活色生香"。然而，他明白这不是一件容易的事情。他曾经告别北部法国的阴沉的天空，结果是沮丧而归。他动身离开法国，其目的地是印度。在海上航行了3个月后，他乘坐的船遭遇了海上风暴的打击，停靠毛里求斯检修。毛里求斯岛林木葱翠，环岛都是热带棕榈树，这正是波德莱尔曾经梦想一游的地方。但糟糕的是，他始终不能摆脱一种伤感和无精打采的状态，因而对未竟之旅产生怀疑，认为即便是到了印度，情形也不会更好。于是置船长的一再劝说于不顾，他坚持返航回到法国。

这段旅行使他终其一生对旅行又爱又恨。在《旅程》中，他充满讽刺意味地想象从远方归来的旅行者的叙述：

我们看见星星，
波涛；我们也看到了沙滩；
尽管有许多麻烦和突如其来的灾难，
就像在这里，我们总觉厌烦。

尽管如此，他还是盼着能出外旅行，也觉察到旅行对自己强烈而持久的吸引力。结束毛里求斯之旅回巴黎后不久，他便梦想着再到另外一个地方旅行："现实的生活就像是一家医院，每个人都疲于更换自己的病床。有人喜欢靠近暖气片的病床，有人喜

欢靠窗。"好在他并不因为自己是这众多病人中的一个而感羞愧："对我而言,我总是希望自己在一个我目前所居地以外的地方,因而到另一地方去永远是我满心欢喜的事情。"波德莱尔有时梦想着旅行到里斯本,那里气候温暖,他会像蜥蜴一样,躺在太阳下便能获得力量。里斯本是个水、大理石及光的都市,让人自在从容,敏于思索。然而,对葡萄牙的幻想还未及完结,他又想,也许在荷兰,他会更快乐。接下来,他马上又想为什么不是去爪哇、波罗的海?甚至为什么不是北极,在那里,他可以在极夜的黑暗里观察彗星是如何划过北极的天空!目的地其实并不重要,他真正的愿望其实是想离开现在的地方,正如他最后总结的那样:"任何地方!任何地方!只要它在我现在的世界之外!"

波德莱尔看重对旅行的幻想,认为这是一种标记,代表高贵的追索者的灵魂,对此类追索者,他称之为"诗人":他们从不满足于故乡的所见所闻,尽管他们清楚他乡也并非尽善尽美;他们情绪多变,时而希望满怀,看待世界如孩童般理想;时而绝望无从,愤世悲观。像朝圣的基督徒,诗人注定生活在一个陷落了的世界里,但同时,他们又不肯认同一种变通的、较少妥协的世界。

同这些观点相反,在波德莱尔的传记中,我们可以发现一个明显的事实:终其一生,他都为港口、码头、火车站、火车、轮船以及酒店房间所吸引;那些旅程中不断变换的场所让他觉得比家里更自在。一旦感受到巴黎的压抑,觉得巴黎的生活似乎"单调狭窄",他就会离开,"因为想离开而离开",旅行到一个港口或

火车站，在那里，他能听到内心的呐喊：

> 列车，让我和你同行！轮船，带我离开这里！
> 带我走，到远方。此地，土俱是泪！

在一篇关于波德莱尔的论文中，T·S·艾略特指出波德莱尔是19世纪展示现代旅游地和现代交通工具之美感的第一位艺术家。艾略特写道："波德莱尔……创造了一种新型的浪漫乡愁。"这包括："告别之诗和候车室之诗。"或许，我们还可以加上"加油站之诗"和"机场"之诗。

3.

在家不开心的时候，我常搭上去希思罗机场的火车或机场巴士。在机场2号大楼的观光走廊上，或者从机场北面跑道一侧的万丽酒店的顶楼，我观看飞机连续不断地在机场起降，十分畅意。

1859年对波德莱尔是艰难的一年，在经历了《恶之花》的审判过后，他和情人詹妮·杜瓦尔的关系又宣告破裂。他于是到母亲的家乡——翁弗勒尔看望她。他在翁弗勒尔待了2个月，常在码头边找一个椅子坐下，看各种船只停靠、起航。"那些高大壮观的轮船，平稳地停在止水上；还有那些看似充满梦幻和闲适的轮船，它们难道不是在对我们无声耳语：我们什么时候开始快乐之旅？"

036.

　　从机场的 09L/27R 区（就是飞行员所熟悉的北跑道）附近
的停车场看去，天空中的波音 747 飞机起初只是一个耀眼的白色
光点，似流星坠向地球。波音 747 已在空中飞行了 12 小时。它
是拂晓时分从新加坡起飞，飞越了孟加拉湾、德里、阿富汗沙漠
和里海，接着，它飞越罗马尼亚、捷克、德国南部，然后开始平
缓降落。降落过程非常平缓，以致很少有乘客感觉到在飞越荷兰
附近灰棕色、波浪翻滚的海面上空时飞机引擎细微的变化。接着
飞机沿着泰晤士河飞过伦敦上空，再往北，到哈默史密斯附近，
飞机机翼上的阻力板开始展开。飞机开始在阿克斯布里奇上空盘
旋，最后在斯劳的上空，调直方向，对准跑道。从地面看去，白
点慢慢变大，成了一个两层楼高的庞然大物，巨大的机翼下悬着
的 4 只引擎像是它的耳环。在细雨中，飞机缓缓而近乎庄严地迫
近机场，机身后成团的雨雾凝结，像是它拖曳的面纱。飞机的下
方便是斯劳的郊区。时间是下午 3 时。在独立的别墅里，有人正
在给水壶灌水。客厅里，电视机正开着，但声音关掉了。墙上有
红色和绿色的光影移动。这就是平常的生活。而在其上方，是一
架几小时前还在飞越里海的飞机。从里海到斯劳，飞机是尘世的
一种象征，带着它飞越过所有地方的风尘；它永不停歇的飞行给
人们以想象的力量，借此消解心中的沉滞和幽闭感。还是在早晨，
飞机在马来半岛——一个让人联想到番石榴和檀香木的气息的地
方——的上空飞行，而现在，在如此长时间地脱离地面之后，在
离地仅数米的上空，飞机似乎已趋静止，它的鼻子向上，像是在

稍作歇息，然后，它的 16 个后轮接触到柏油跑道，掀起一阵烟尘，充分显示了其速度和重量。

在一条平行的跑道上，一架 A340 正起飞开往纽约。在斯泰恩斯水库的上空，飞机收起了阻力板和机底的轮子，因为在接下来的 8 小时穿云越海的飞行时间、3 000 英里的飞行距离里，飞机用不上它们，直到飞行至长滩一排排白色长条板平房的上方，飞机准备降落时才再度用得上它们。从飞机涡轮风扇发动机排出的热雾里，可以看见别的整装待发的飞机。放眼整个机场，到处可见正在移动的飞机，在灰色的地平线的陪衬下，它们多彩的后翼如同帆船赛场上林立的船帆。

机场 3 号候机厅的背面，沿着其由玻璃和钢架结构建成的外墙，停着 4 架巨型客机。从机身上的标志判断，可知它们来自不同的地方：加拿大、巴西、巴基斯坦和韩国。在起飞前的几个小时里，它们机翼的间隔才不过几米，但随后，它们将开始各自的旅程，迎着平流层的风飞向各自的目的地。同船泊靠码头时的情形相似，飞机降落后，一场优美的舞蹈也就开始了。卡车溜到机腹下方；黑色的油管牢牢地接到机翼上；机场舷梯的方形橡胶接口连到机舱出口；货舱门打开了，卸下有些磨损的铝制货箱，货箱里装载的可能是几天前还悬挂在热带果树枝头的水果，或者是几天前还生长在高原峡谷里的蔬菜；两个穿制服的工作人员在飞机的一个引擎旁架好了梯子，他们打开引擎罩，里面全是复杂的电线和钢管；毛毯和枕头从前舱卸下了飞机；乘客们开始走下飞

机，对他们而言，这个普通的英国的下午将会有些超自然的意味。

在机场，最引人注目的东西莫过于机场大厅天花板下悬着的一排排电视屏，上面显示着进出港的飞机航班的情况；这些显示屏，不曾有美感上的考量，放在整齐划一的罩盒里，屏上显示的文字版式呆滞乏味，却能使人兴奋，触发想象力。东京、阿姆斯特丹、伊斯坦布尔；华沙、西雅图、里约热内卢。这些显示屏能引发人们诗意的共鸣，一如詹姆斯·乔伊斯[1]的《尤利西斯》的最后一行："的里雅斯特、苏黎世、巴黎。"不仅明晰地记录了小说《尤利西斯》的写作地点，同样重要的是，它揭示了隐藏在这一行文字背后大都会精神的象征。源于这些显示屏的，是持续不断的召唤，有时还伴随有电视屏上光标不安分的闪烁，似乎在昭示，我们既有的生活多么容易被改变：假设我们走过一条通道，登上飞机，那么数小时后，我们将置身于一个全然陌生的地方，在那里，没有人知道我们的名字。下午3点，正是我们困乏和绝望之际，如果我们能摆脱困乏和绝望的掌控，并坚信总会有一架飞机带着我们飞向某一个地方，就像是波德莱尔所谓的"任何地方！任何地方"，或者是的里雅斯特、苏黎世、巴黎，那该是多么快意的事情！

---

1 Joyce, James（1882—1941），爱尔兰小说家，《尤利西斯》是其意识流小说的代表作。——译者

4.

波德莱尔羡慕的不仅是旅程的起点或终点，如车站、码头、机场等地方，他也羡慕那些交通工具，特别是海上行驶的轮船。他曾写道："凝视一艘船，你会发现它散发出深邃、神秘的魅力。"他到巴黎的圣尼古拉斯港观看平底船，到鲁昂和诺曼底的港口观看更大的船只。他惊讶于和这些船只相关联的科技成就，它们竟能使如此笨重复杂的船体协调合作，优美地穿行海上。一艘巨轮让他想起"一个庞大、复杂却又灵活机敏的动物，它充满活力，承载着人类所有的嗟叹和梦想"。

在观看一架较大型的飞机时也会有同样的感想：飞机也是一个很"庞大"很"复杂"的动物，尽管机身庞大，尽管低层大气一片混沌，它却仍能找准自己的航向，穿越苍穹。一架飞机停靠在一个登机口，相形之下，它周围的行李车和检修工是如此的渺小。看见如此场景，人们会抛开所有的科学解释发出惊叹：如此庞大的飞机如何能移动，哪怕只是移动几米，遑论飞到日本！楼房，也算是人类所能建造的少数可与之相比的庞然大物之一，但地球的轻微震动便可能使它们四分五裂，它们透风渗水，强风下，还会遭受损坏，比不得飞机的灵活和泰然。

生活中很少有什么时刻能像飞机起飞升空时那样让人释然。飞机先是静静地停在机场跑道的一头，从机舱的玻璃窗看出去，是一长串熟悉的景观：公路、储油罐、草地和有着古铜色窗户

的酒店；还有我们早已熟知的大地，在地上，即便是借助小汽车，我们的行进仍然缓慢；在地上，人和汽车正费力向山顶爬行；在地面上，每隔半英里左右，总会有一排树或建筑挡住我们的视线……而现在，随着飞机引擎的正常轰鸣（走廊的玻璃只有点轻微的颤动），我们突然平稳地升上了天空，眼前展现的是直视无碍的广阔视野。在陆地上我们得花上整个下午才能走完的旅程，在飞机上，只要眼珠微微转动便可一扫而过：我们可以穿过伯克郡，参观梅登黑德，在布拉克内尔兜圈子，俯视 M4 高速公路。

飞机的起飞为我们的心灵带来愉悦，因为飞机迅疾的上升是实现人生转机的极佳象征。飞机展呈的力量能激励我们联想到人生中类似的、决定性的转机；它让我们想象自己终有一天能奋力攀升，摆脱现实中赫然迫近的人生困厄。

这种视野上新的优势使陆地上的景观整饬有序，一目了然：公路弯曲，绕过山头；河流延伸，通向湖泊；电缆塔从发电厂一直架设到各个城镇；那些在陆地上看上去布局混乱的街道，现在看来似乎是精心规划的条格布局。我们的眼睛试图把此刻所见与先前的认知连接在一起，像是用一种新的语言来解读一本熟悉的书。那些灯火所在之处一定是纽伯里，那条道路一定是 A33，因为它是从 M4 高速公路分出来的。照此思路，我们的生活是如此狭隘，就像井底之蛙：我们生活在那个世界里，但我们几乎从未像老鹰和上帝那样睹其全貌。

　　飞机引擎似乎毫不费力便将我们带到高空。悬在高空，周围是难以想象的寒冷，这些飞机引擎用一种我们看不到的方式持久地驱动飞机，在它们内侧表层上，用红色字母印出的是它们唯一的请求，要求我们不要在引擎上行走，要求我们只给它们添加D50TFI-S4号油，这些请求是给4 000英里外还在睡梦中的一帮穿着工作服的人的信息。

　　身处高空，可以看见很多的云，但对此人们似乎谈论不多。在某处海洋的上空，我们飞过一大片像是棉花糖似的白色云岛，对此，没有人觉得这值得大惊小怪，尽管在弗兰切斯卡[1]的绘画作品中，这云岛可以是天使，甚至是上帝的一个绝佳的座位。机舱内，没有人起身煞有其事地宣布说，从窗户看出去，我们正在云海上飞行；而对列奥纳多[2]、普桑[3]、克劳德[4]和康斯特布尔[5]等人而言，这景致恐怕会让他们留恋。

　　飞机上的食物，如果是坐在厨房里享用，可以说是毫无特色，甚至让人倒胃口，但现在，因为面对的是云海，这些食品却有了不同的滋味和情趣（一如坐在海边峭壁之巅，一边看惊涛拍

　　1　Francesca, Piero della（1420—1492），意大利文艺复兴时期重要画家。——译者

　　2　Leonardo da Vinci（1452—1519），伟大的佛罗伦萨艺术家兼科学家。——译者

　　3　Poussin, Nicolas（1594—1665），法国画家，古典主义大师。——译者

　　4　Claude Lorrain（1600—1682），法国风景画家。——译者

　　5　Constable, John（1776—1837），英国风景画家。——译者

岸，一边野炊，这时吃哪怕是普通的面包和奶酪也会让人神采高扬）。仅依赖飞行中的小餐板，在原本毫无家的情趣的机舱内我们感觉到了如家的自在：我们吃的是冷面包卷和一小盘土豆色拉，赏的是星际美景。

细看之下，我们发觉机舱外陪伴着我们的云朵并非是我们想象中的情形。在一些油画作品中，或者是从地面上看去，这些云朵看上去是平平的椭圆体，但从飞机上看去，它们像是由剃须泡沫层层堆砌而成的巨型方尖塔。它们和水汽的关联是显而易见的，但它们更容易散发，更加变幻无常，因而更像是刚刚爆炸的东西所产生的尘雾，仍然在变异之中。人们至今还在困惑，为什么不可以坐在一团云上。

波德莱尔清楚如何表达对这些云朵的喜爱。

陌生人

告诉我，你这个神秘的人，你说说你最爱谁呢？父亲还是母亲？姐妹还是兄弟？

哦……我没有父亲也没有母亲，没有姐妹也没有兄弟。

那朋友呢？

这……您说出了一个我至今还一无所知的词儿。

祖国呢？

我不知道这个地方在哪。

美人呢？

如果她真的美若天仙，长生不老，我会很爱她，全心全意。

金钱呢？

我恨它，就像你恨上帝一样。

那么，你究竟爱什么呀？你这个不同寻常的陌生人！

我爱云……过往的浮云……那边……那边……美妙的云！

云朵带来的是一种宁静。在我们的下面，是我们恐惧和悲伤之所，那里有我们的敌人和同仁，而现在，他们都在地面上，微不足道，也无足轻重。也许我们早已参透了这样的真谛，但现在，我们倚着飞机冰凉的舷窗，这种感觉变得从未有过的真切——我们乘坐的飞机是一位渊博的哲学老师，是听从波德莱尔的召唤的信徒：

列车，让我和你同行！轮船，带我离开这里！

带我走，到远方。此地，土俱是泪！

5.

除了高速公路，没有任何别的道路能通到加油站，连步行的小径也没有。加油站孑然独立，它似乎不属于城市，也不属于乡间，而是属于一种第3空间，即旅行者的领地，就像是独立于海角的灯塔。

地理意义上的孤立给餐厅以孤单疏离的氛围。灯光有些冷漠，衬出苍白和斑斑渍迹。桌椅颜色鲜艳得予人优雅的感觉，像是假笑的脸上强挤出的欢欣。餐厅里无人交谈，无人表现出丝毫的好奇，无人回应你的感受。无论是在吧台，还是在离开并走进黑暗时，我们彼此擦肩而过，投向对方的都是空洞无神的一瞥。我们坐在那里，视他者若岩石。

我坐在餐厅一隅，吃着巧克力条，偶尔喝一口橙汁。孤独，是我此时的心境，然而，这一次，孤单是如此的温柔，竟然让我欣悦，因为此时的孤独不是那种置身于欢笑和群闹中，让我意识到心境和环境之反差并觉得痛苦的那种孤独；它源于陌生的人群，在这里大家都明白，沟通的障碍客观存在，对爱的渴求也难以实现，而这里的建筑和灯光无疑也凸显了此时孤独的氛围。

这种孤独的心境让我想到爱德华·霍珀[1]的画作：这些画作描绘的景物苍凉，但画作本身看上去却不显苍凉，而是让观者感受到他们内心的忧伤，引发共鸣，因而减轻内心之苦痛，摆脱烦恼的纠缠。也许，心境悲伤时，最好的解药便是阅读伤感的书籍，而当我们觉得周遭无爱可系无情相牵的时候，我们最应当驱车前行的地方便是某一个偏远独立的加油站。

1906 年，霍珀 24 岁，他前往巴黎，并在巴黎发现了波德莱

1　Hopper, Edward（1882—1967），美国现实主义画家，20 世纪 60、70 年代的波普艺术和新现实主义画家都受他的影响。——译者

054.

爱德华·霍珀：《自动贩卖店》，1927 年

尔的诗歌。从那以后，波德莱尔的诗作便成了他终生诵读的对象。我们不难理解他对波德莱尔的迷恋：他们对孤独、都市生活、现代社会，以及他们对夜的宁静和旅行过的地方持有相同的看法。1925 年，霍珀买了一辆二手道奇车，这是他一生中买的第一辆车，然后，从他在纽约的家一直开到新墨西哥。这之后，他每年都有几个月的时间在外旅行，不管是在路途中、旅店房间里、汽车后座上，还是在户外和餐厅里，他都留下了大量素描或油画作品。1941 年至 1955 年间，他 5 次穿越美国。他住过西佳、戴尔·哈文、阿拉莫·普拉扎和蓝顶等旅店或汽车旅馆。路边写有"空房，配电视、有独立洗澡间"的霓虹广告牌一闪一烁，常常会吸引他；铺有薄床垫和干爽床单的床，正对着停车场或一块块修剪平整的草地的大窗台；很晚入住却又一大早离开的旅客留下的一丝神秘，接待柜台摆放的当地景点的宣传册子，以及停放在静静的过道上堆满物品的酒店房间整理车等，这一切都吸引着他。至于每日饭食，霍珀常在各种牛排、热狗快餐店解决。经过有美孚、标准石油、海湾、蓝太阳等标志的加油站时，他也会给车子加油。

而且，霍珀往往在这些人们忽略甚至不屑一顾的地方发现了诗意，如汽车旅馆之诗和公路旁小餐馆之诗。他的画作（以及和作品内容相一致的标题）表明他对旅行中的 5 种地方有着持久的兴趣：

1. 旅馆

《旅馆房间》，1931

052.

《旅馆大堂》，1943

《旅客休息室》，1945

《铁路旁的旅馆》，1952

《旅馆的窗户》，1956

《西部汽车旅馆》，1957

2. 公路和加油站

《缅因州的公路》，1914

《加油站》，1940

《东哈姆，第六大道》，1941

《荒僻之地》，1944

《四车道公路》，1956

3. 小餐馆和自助餐厅

《自动贩卖店》，1927

《自助餐厅里的阳光》，1958

4. 从火车上看到的景观

《铁道旁的房子》，1925

《纽约、纽黑文和哈特福德》，1931

《铁路路堤》，1932

《驶向波士顿》，1936

么事情不对劲。观者会在不知不觉中想象关于她的故事,故事可能同背叛和失落相关。她把咖啡杯送到唇边,尽量不让自己的手颤抖。这也许是美国北部某个大城市,时间大约是 2 月的某个晚上,11 点。

《自动贩卖店》这幅作品所要表现的是一种淡淡的哀愁——但它并不是一幅悲情画。同伟大而伤感的音乐作品一样,《自动贩卖店》有其感人的力量。尽管这家店陈设简单,但它本身似乎并没有让人觉得不舒服。餐室里也许还有别的人,不管是男性还是女性,他们都独坐,喝着咖啡,陷入沉思,和画中的女士一样,同自己所在的社会保持着距离:这是一种常见的隔阂感,对任何独处者,这种感觉有助于减轻他们在孤独状态中的压抑感。在公路旁的小餐馆、午夜时分的自助餐厅、旅店的大堂和火车站的咖啡馆,我们可能不太能感觉到那种在偏僻的公共场所油然而生的孤独和疏离感,反倒重新发现一种同周围人群的强烈认同。家庭气息的缺失、明亮的灯光和毫无特色的陈设把我们从种种所谓家的舒适中解脱出来。同家里挂着相框和贴着墙纸的客厅相比,在这些地方,我们更容易摆脱心中的感伤——这种近乎避难所的装饰更能让我们放松。

霍珀试图让我们同画中独品孤独的女士产生共鸣。她看上去高贵大方,但也许太容易相信别人,过于天真,她似乎在生活中着着实实地碰了一次壁。霍珀让我们将心比心,设想她的处境。霍珀作品中的人物并不反感家本身,只是家似乎以各种各样不容

056.

辩驳的方式背叛了他们，这才迫使他们离家出走，步入夜的孤独或
漂泊在路上。对那些因为高尚的原因而不能在现实世界里寻找到家
园的人，以及那些波德莱尔可能冠以"诗人"称号的人来说，全天
候开放的小餐馆、火车站的候车室和汽车旅馆便是他们的避难所。

6.

　　黄昏时分，汽车沿着盘旋的公路穿行于大片森林之中。车头
灯的强光，不时射在路旁大片的草地和路旁的树干上，以至于每
块树皮和每根草茎的形貌都清晰可辨。在森林里，车灯的光线惨
白、强烈，似乎更适用于医院病房。汽车绕过弯，车灯照在似在
昏睡的路面上，这些草地和树干又没入一片黑暗中。

　　一路上很少见到别的车辆，偶尔碰到的，也是迎面来的，亮
着车灯，像是在逃离其身后夜的黑暗。车内昏暗，仪表板发出紫
色的光。突然，在前方一块空阔地上出现一片亮光——是一个加
油站。这是这条公路驶入这最茂密也是最大的一片森林之前的最
后一个加油站，再往前方，一切都将落入黑夜的掌心——这就是
油画《加油站》所表现的场景。加油站的管理员离开了房间，在
油泵前检查汽油存量。房间内温暖明亮，灯光强烈，一如正午的
煦阳正撒满室外的大院。室内也许还有一台收音机在开着。管理
室靠墙处，除了有糖果、杂志、地图和车用窗帘，也许还整齐地
摆着一排油桶。

爱德华·霍珀:《加油站》, 1940 年

058.

　　和13年前创作的《自动贩卖店》一样,《加油站》表现的也是一种孤独:一座加油站独立于越来越浓的暮色中。在霍珀的画笔下,这种孤独同样呈现得强烈深刻且令人神往。画布右边像雾一样开始蔓延的黑暗同加油站形成鲜明对照,黑暗是恐惧的信使,而加油站是安全的象征。夜幕降临之际,在这处在原始森林边缘的人类最后的一个驻足点,应该比白天的城市更容易让人生出亲近的感觉。咖啡机和杂志,作为人类小小的欲望和虚荣的象征,对应着加油站外宽阔无垠的非人类的世界和绵亘数英里的森林,而在这森林里,不时还可以听见熊和狐狸脚下树枝的断裂声。画作给人的暗示可谓意味深长:在一份杂志的封面上,用鲜亮的粉红色突出着今年夏天流行紫色指甲油的信息;咖啡机对我们发出无声的呼唤:正在飘散新鲜烘焙的咖啡豆的芳香。在这公路即将进入无边森林的最后一站,我们会发现自己同他人之间的共通性远远超出差异性。

7.

　　霍珀对火车也有兴趣。他很喜欢坐在人很少的车厢里驶过原野的那种感觉:车厢里一片沉寂,只听见车轮有节奏地敲打铁轨的声音;这有节奏的敲击声和窗外飘逝的风景把人带入一种梦幻之中,我们似乎出离了自己的身体而深入一种常态下我们不可能涉及的地带,在那里,各种思绪和诸般记忆错杂纠缠。油画《293

号车厢 C 舱》中的女士正在读着她手中的书，时而打量车舱内的布置，时而观看车窗外的风景，她现在的思绪大概就处于上面所说及的那种梦幻般的状态。

旅行能催人思索。很少地方比在行进中的飞机、轮船和火车上更容易让人倾听到内心的声音。我们眼前的景观同我们脑子里可能产生的想法之间存在着某种奇妙的关联：宏阔的思考常常需要有壮阔的景观，而新的观点往往也产生于陌生的所在。在流动景观的刺激下，那些原本容易停顿的内心求索可以不断深进。我们倘若被迫去讲出一个笑话或模仿一种口音，效果往往差强人意；同理，如果只是为思考而思考，我们的脑子可能不愿去好好思考。当我们脑子在思索的同时还有别的驱遣，如听音乐或让目光追随一排林木的时候，我们的思考其实是得到了改善。当我们注意到意识已遭遇困境，这种困境又会阻碍各种记忆、渴望、内省或创见的出现，并希望我们的思索程式化、客观化，我们脑子中的那些紧张、挑剔和讲求实际的想法就可能迫使我们中止思考。而这时，我们听到的音乐或看见的风景便正好能够分散我们脑子里紧张、挑剔和讲求实际的想法，让思考继续和深入。

在各种交通方式中，火车也许最益于思考：同轮船和飞机比较，坐在火车上，我们绝不会担心窗外的风景可能会单调乏味；其速度适中，既不会太慢而让我们失去耐性，也不会太快而让我们无法辨认窗外的景观。在行进过程中，火车能让我们瞥见一些私人空间，譬如说，我们可能刚刚看见一位女士正从厨房的餐台

爱德华·霍珀：《293 号车厢 C 舱》，1938 年

上拿起杯子，紧接着看见一个露台，露台上正睡着一位先生，再接下来，看见公园里一个小孩正在接一只球，至于抛球的人我们却看不见……这些私人空间，虽是短短的一瞥，却给人遐思。

在一次旅行中，火车行进在平坦的原野上，我的思绪差不多完全放松下来。我想到了父亲的死，想到了我正在写作的关于司汤达的论文，还想起了2个朋友间的猜忌。每次只要我的思考遇上死结，脑海一片空白，我就会把目光转移到车窗之外，让视线锁住一个目标，然后跟住它一会儿，直至新的想法开始成形，并能在没有压力的情形下将思绪厘清。

在长时间的火车梦幻的最后阶段，我们会感觉自己回归本真——亦即开始清楚那些对我们真正重要的情感和观念。我们并非一定得在家里才最有可能接近真实的自我。在家时，家具摆设会阻挠我们的改变，因为它们并没有改变；家居生活的模式也让我们维持着日常形象，而这形象，可能并非我们的本我形象。

旅馆的房间同样为我们提供了摆脱定势思维的机会。躺在旅馆的床上，室内极静，偶尔听到旅馆内电梯快速上下所发出的声响，此时此刻，我们可以忘却到达之前的一切劳顿，任思绪驰骋，品味自己曾拥有的辉煌和曾遭遇过的落寞。面盆边用纸包着的小肥皂，小吧台上陈列的小瓶包装的酒，承诺整晚提供送餐服务的菜单，以及25楼下面平静而又有些骚动的陌生城市的夜景等，这全然陌生的环境能促使我们从一个新的高度来省察我们的生活。这高度，是我们在家中，为日常琐事所烦扰时所不能达到的。

夜半，旅馆的便条纸成了接受灵光乍现的思想的工具。早餐的菜单（"请在凌晨3点前挂到房门外"）正搁在房间的地上，尚未填写，一起在地上的还有一张问候卡，上面记录着接下来一天的天气情况以及旅馆管理层的晚安祝福。

8.

雷蒙德·威廉斯[1]曾指出，旅行，或者那种漫无目的的漂泊的过程，其价值在于它们能让我们体验情感上的巨大转变，这种转变可以追溯到18世纪末期，那时候出现了一种现象，外来的旅行者似乎比当地人道德高尚：

18世纪以来，人类的同情和了解不再源自社群活动，而是来自人们的漂泊经验。因此一种基本的疏离、沉默和孤独已成为人性和社群的载体，对抗着普通社会阶层的苛严僵固、冷漠无情和自私自利的闲适。

——雷蒙德·威廉斯：《乡村和城市》

如果我们在加油站，还有汽车旅馆等地方发现了生活的诗意，如果我们为机场和火车车厢所吸引，其原因也许是我们明确地感觉

1　Williams, Raymond（1921—1988），威尔士文化理论家。——译者

到这些偏僻孤立的地方给我们提供了一种实实在在的场景，使我们能暂时摆脱因循僵滞的日常生活中难以改易的种种自私的安逸、种种陋习和拘囿，不管它们在设计上是如何的不完美、不舒适，在色彩上是如何的不含蓄，在灯光上是如何的不柔和。

爱德华·霍珀:《旅馆房间》，1931 年

动　机
MOTIVES

Ⅲ 异国情调
On the Exotic

地点	阿姆斯特丹 
向导	福楼拜 

1.

在阿姆斯特丹斯希普霍尔机场下飞机，进入航站才几步，我就被一块天花板下悬着的指示牌吸引住了。这是一个指明通往迎宾厅、出口和签转柜台的方向指示牌，鲜亮的黄颜色，长2米，高1米。指示牌设计也简单，铝制的箱框，镶着塑料的指示牌，通过小钢柱连接，从电缆线和空调管路密布的天花板挂下来。指示牌很简单，甚至太过普通，但它却让我快乐。用"异国情调"来形容这种快乐也许有些不同寻常，却是合宜的。指示牌上有好几处显出这种异国情调，如 Aankomst（荷兰文，迎宾厅）一词中的两个并置 a；Uitgang（荷兰文，出口）一词中字母 u 和 i 连在一起；除了荷兰文，指示牌上还标有英文副标：用 balies（荷兰文，柜台）来表述 desk（英文，柜台）的意思，还采用了一些实用新潮的字体，如 Frutiger 体或 Univers 体等。

这个指示牌之所以让我快乐，原因之一在于它是第一个肯定的见证，表明我已经到达了一个"别的地方"。它是异国的一个标志。也许对那些不太注意的人来说，这指示牌并不显眼，但在我的国家里，这类指示牌是绝不会以此种形式出现的。首先，它的黄色不会如此鲜亮，上面的字体可能会柔顺些，并更多怀旧色彩；其次，它也不会考虑外国人是否会弄不清方向，不会加上其他语言的提示或副标，而且单从语言上看，指示牌上也不会出现并置的字母 a，这种特别的重复，说不清为什么，让我感觉到自己正置身于另一种历史和另一类民族心态之中。

一个电源插座，一只浴室水龙头，一个果酱瓶，或是一个指示牌传递出的一些信息，可能连它的设计者也没有想到，譬如说，它可能会表明其制造者的国籍。显然，制作斯希普霍尔机场指示牌的民族似乎同我的民族相距甚远。一个大胆的具有民族性格和特色的考古学家也许会将指示牌上字体的影响追溯到 20 世纪早期的风格派运动 [1]，从醒目的英文副标考求出荷兰人对外来影响的开放性，进而追溯到 1602 年东印度公司的建立；并从指示牌整体上简单的风格看出加尔文主义的审美情趣，这种审美情趣在 16 世纪尼德兰联邦 [2] 和西班牙交战期间就已成为荷兰国民性的一部分。

从一个指示牌便能看出两地间巨大的差异，这正可以作为一个简单却让人愉悦的想法的注脚：一旦跨越国界，脚下便是一个不同的国度，风俗人情和生活习惯亦必大异其趣。然而仅有差异，尚不足以引发快感，即便是有了快感，也不会长久。只有那些有助于我们自己国家自我完善的差异方可引发长久的快感。我认为斯希普霍尔机场的指示牌具有异国情调，是因为它隐约传达出了

1　De Stijl movement，风格派运动，该运动的发展中心在荷兰，探讨开拓现代艺术与设计的新目标，以创造属于知识的而非个人的绘画和设计风格为主。——译者

2　United Provinces of the Netherlands，由 1568—1609 年摆脱西班牙统治而独立的北尼德兰的 7 个省组成。疆域约相当于今天的荷兰王国。——译者

一种强烈的信息：制作这个指示牌的以及在 uitgang 之外的国度，有可能在相当程度上比我自己的国家更投合我的性情与兴趣。这指示牌预示着我在这个国度里的快乐。

2.

从传统意义上看，异国情调一词更多地是同耍蛇人、闺阁、光塔、骆驼、露天集市以及由一个蓄着八字须的仆人从高处倒进托盘上小玻璃杯内的薄荷茶等联系在一起，它们远比上面提及的荷兰指示牌丰富多彩。

19 世纪上半叶，异国情调一词成了中东的代名词。1829 年，维克多·雨果出版了他的组诗《东方集》。在诗序中，就有这样的表述："我们所有的人都比以前更为关注东方。东方已然是众多人魂萦梦绕的地方，也是本书作者向往之地。"

雨果的诗具有欧洲东方文学的基本题材，如海盗、帕夏[1]、苏丹、香料和托钵僧人等。诗中的人物用小玻璃杯喝薄荷茶。像《天方夜谭》、瓦尔特·司各特[2]的东方题材的小说以及拜伦[3]的

---

1 pasha，古奥斯曼帝国和北非高官的称号。——译者
2 Scott, Walter（1771—1832），苏格兰小说家，诗人，被认为是历史小说的首创者和伟大的实践者。——译者
3 Byron, George Gordon Byron（1788—1824），英国诗人，他的名字既是深刻的浪漫主义忧郁的象征，又是追求政治自由的象征。——译者

《异教徒》等文学作品一样，他的诗作很快赢得了读者的喜爱。
1832 年 1 月，尤金·德拉克洛瓦动身去北非，期冀其绘画创作能
捕捉东方的异国情调。到丹吉尔后，未及 3 个月，他就穿起了当
地的服饰，并在写给他弟弟的信尾署名为"你的：非洲人"。

更有甚者，欧洲的一些公共场所看上去也越来越具有东方情
调。1833 年 9 月 14 日，鲁昂附近的塞纳河畔挤满了人，他们在
为法国军舰卢索赫号欢呼。该舰从埃及亚历山大港起航，正往巴
黎方向逆水上行。军舰上有一座方尖碑，用专门的支架固定着。
它来自底比斯神殿，人们把它吊运到船上，准备用它作协和广场
前的交通岛。

在这群人中有一位心事重重的 12 岁男孩，他就是古斯塔
夫·福楼拜[1]。福楼拜的最大梦想便是离开鲁昂，到埃及去赶骆驼，
并在后宫中找到一位有着橄榄肤色，上唇带着一丝幽怨的女孩，
并为她献出自己的童贞。

这个 12 岁的男孩对鲁昂——事实上，对整个法国——充满
了轻蔑。他在写给学校时的朋友舍瓦利耶的信中表示，对这所谓
的"优秀文明"他只有蔑视，尽管这个文明已经制造出了"铁路、
监狱、奶油馅饼、忠诚和断头台"，并以此自傲。他的生活"徒劳

（左图）尤金·德拉克洛瓦：《阿拉伯房子里的门和窗》，1832 年

1　Flaubert, Gustave（1821—1880），法国 19 世纪现实主义文学大师、小
　　说家。——译者

乏味，毫无新意，并充满艰辛"。他在日记中写道："我常希望自己毙掉过路的行人。我太无聊了，实在是太太无聊了！"在创作中，他常常会涉及在法国，特别是鲁昂生活的无聊。"今天我简直是无聊透顶了，"在一个糟透了的星期天行将结束时，他这样写道，"外省的景色是多么的迷人，生活在那里的人们又是多么的有趣。他们谈论的是税费、道路的修整……。'邻居'是一个多么美妙的字眼。为了强调'邻居'在社会生活中的重要性，它永远都应该是大写的'邻居'（NEIGHBOUR）。"

　　就福楼拜而言，对东方的凝视能帮助他从自己的生活环境中解脱出来，暂时将那种富足却委琐的生活以及世俗的思维定势抛于脑后。对中东的描写充斥于他早期的创作和通信。1836 年，他才 15 岁（他还在学校学习，但一直幻想如何刺杀鲁昂市长），便创作了小说《愤怒与无助》。福楼拜通过小说的主人公欧姆林先生表现出了他对东方的幻想和渴望："啊，东方！东方热辣的太阳，东方澄碧的蓝天，东方金色的光塔……还有那跋涉在沙漠之上的骆驼商旅；啊，东方！……东方有着棕褐橄榄般肤色的女人！"

　　1839 年（福楼拜当时正迷上拉伯雷[1]的作品，并想很大声地放屁，让整个鲁昂的人都能听见），他创作了另一部作品《一个愚者的回忆录》，小说带有自传色彩，其主人公在回顾年轻时对中东的向往时有这样的描述："我梦想着穿越南方大片的土地，到遥远

1　Rabelais, Francois（约 1494—1553），法国作家和牧师。——译者

的地方旅行；在梦想中，我看见了东方，她有一望无垠的沙漠、宫殿，宫殿里满是挂着铜铃的骆驼……我还看见了蓝色的大海，碧澄的天，银色的细沙和有着棕褐色皮肤的女人，她们眼里射出热辣的火，她们和我交谈时有着天国美女的温柔。"

1841 年（福楼拜已经离开鲁昂，遵从父亲的意愿在巴黎学习法律），他又完成了小说《十一月》。小说的主人公成天将自己想象成东方的商人，无暇关注铁路、资产阶级的文明和律师："啊！骑在驼背上！前方，是红艳的天空，棕褐色的沙漠；在燃烧的地平线上，是起伏的沙丘，延伸到无穷的远方……夜幕降临，人们搭起帐篷，给骆驼喝水，生起篝火以驱走胡狼，但耳边还是能够听到在沙漠深处胡狼凄厉的嗷叫；到了早上，人们在绿洲给葫芦灌满水。"

在福楼拜看来，幸福和东方是可以互换的两个词。有一段时期，学业的压力，失恋的打击，父母的期望，以及一直可以听到农民抱怨的糟糕透顶的天气（连续 2 周不停歇的雨水冲没了鲁昂附近的田地，还淹死了几头牛），这一切都让福楼拜感到绝望。他在写给舍瓦利耶的信中说："尽管我梦想的生活是如此美好，充满诗意，是如此的广阔，为爱所包围，但现实中，我的生活将会和别人一样，单调，愚蠢，中规中矩。我将到法学院念书，然后取得律师资格，最终在外省的某个小镇，如伊沃托或迪耶普，当上一名受人尊敬的地区助理律师……可怜的快要发疯的年轻人，还在梦想着荣耀、爱情、桂冠、旅行和东方！"

　　那些生活在北非沿海地区、沙特阿拉伯、埃及、巴勒斯坦和叙利亚的人们可能不曾料到，他们栖身的土地，在一位年轻的法国人眼里竟然是一切美好事物的朦胧化身。这位年轻人惊叹道："万岁，太阳！万岁，橘树、棕榈树、莲花！还有那铺着大理石的凉亭，凉亭里有用木板隔成的小间，专供坠入情网的年轻人谈情说爱！……我是否永远看不到那古城里的墓群，在那里，薄暮时分，有成群的骆驼靠着墓穴憩息，还能听到地底下墓穴里国王们的木乃伊旁狼狗的嗥叫？"

　　他能够实现他的梦想，因为25岁时，父亲突然辞世，留给他一笔财产，使他得以摆脱那似乎早已命定的小资产者的生活，从此不必听那些关于淹死的牛的无聊抱怨。他立即着手安排一次埃及之旅，参与他的计划的还有坎普，他的好友，也是同学，和他一样对东方充满激情，并愿意将此种激情付诸实践，踏上通向东方的旅程。

　　两位东方迷1849年10月底离开巴黎，从马赛上船，经历了海上惊涛骇浪的颠簸后，于11月中旬抵达亚历山大。"船再过2个小时就要到埃及的海岸了。我们随军需官到了船头，可以看见阿拔斯王朝帕夏的宫殿，从蔚蓝的地中海望去，它像是一个黑色的圆穹，"福楼拜在给母亲的信中写道，"太阳正从它的穹顶下落。我便是透过，或者说正是在这像是熔化在海面上的银色辉光里得获我对东方的第一眼印象。不久海岸变得清晰起来，最早看见的是岸上的两只骆驼，它们的主人牵着它们；随后，看见的是码头上一些安然垂钓的阿拉伯人。在一片震耳欲聋的喧嚣声中我们开始上岸了：你左右都能听到黑人男人的声音，黑人女人的声音，骆驼的叫声，缠着头巾的人的声音，棒喝的声音，还有粗嘎刺耳的喊叫声，总之，你能想象多闹便有多闹。还有那众多的色彩，我像大嚼稻草的驴子般，狼吞虎咽着眼前的五光十色。"

3.

在阿姆斯特丹，我住在佐旦区的一个小旅馆。在一家快餐店吃过午饭后（夹着鲱鱼和葱头的全麦面包），我在城西各处散散步。在亚历山大，异域的色彩体现在骆驼、悠闲垂钓的阿拉伯人和粗嘎的叫喊声等方面。阿姆斯特丹同样有异域情调，只是表现在不同的方面：很多用淡粉色长形砖和奇怪的白色灰浆搭建成的房屋（同英国和北美以砖材为材料的建筑相比较，这里的建筑要规则得多；而从外观看，它们也不同于法国或德国的建筑）；很多排狭长的公寓楼，建于 20 世纪早期，底楼有宽大的窗户；每家每幢门口都停着自行车（让人联想到大学城）；街道上的设施较陈旧，大众化；看不到华丽宏伟的建筑；街道笔直，点缀着一些小的公园，可以看出规划者试图建造社会主义花园城市的用心。有一条街，每幢公寓看来都一模一样，我在一户人家的红色大门口驻足，突然产生了一种强烈的愿望——希望自己能在那里度过余生。头顶上的 2 楼，是一间有 3 个大窗户的房间，窗户都没有窗帘。房间的内墙都刷成白色，墙上挂着一幅画，画面上只是许多小的蓝色和红色的点。靠着一边墙，摆着一张橡木书桌，房间里还有一个很大的书架，一张扶手椅。在这样的环境里的生活便是我梦寐以求的生活。我想有一辆自行车。我想每天晚上将自己的钥匙塞进这红色大门的锁孔里。我想在黄昏时分站在没有窗帘的窗前，看着对面一样没有窗帘的房间，在这铺有白色床单的白色调的房间里，在我躺到床上看书之前，我会吃点夜宵（一碗汤、培根和全麦面包）。

为什么会在异国被公寓前门这样微不足道的东西诱惑？为什么仅仅因为那里的有轨电车，因为那里的人们几乎不在家里装窗帘，我就深深地陷入对它的爱恋？不管这些由异国的细小（和无声）的事物所引发的强烈反应看上去是多么荒谬，这情形至少同我们的私人生活有相通之处。在个人生活中，我们也会因为一个人给面包抹黄油的方式而喜欢上他，也可能因为他对鞋子的品味而憎恶他。如果我们因注重这些细节的东西而自责，那么我们必将忽视生活中的细节本身所具有的丰富含义。

我对公寓房子情有独钟，因为这样的建筑让我感受到节制之美。它舒适，但不招摇。从这种楼房可以看出，这是个在财富上偏好中庸的社会。在建筑设计方面，也透出一种淳朴来。在伦敦，建筑物的前门通常倾向于模仿古典庙宇的外观，但在阿姆斯特丹，人们坦然面对生活，他们避免在建筑中采用石柱和石膏，选择的是整齐且不加任何装饰的砖石。这里的建筑最好地体现了现代意

（右图）阿姆斯特丹的街景

识，予人以整饬，干净，明亮的感觉。

异国情调一词包含有一些更细微、更让人捉摸不定的意义，异域的魅力源发于新奇与变化，譬如在异域你看到的是骆驼，而在家乡，你看到的是马匹；在异域你看到的是不加粉饰的公寓房，而在家乡，你看到的是带有装饰性石柱的公寓房。但除此之外，这一切还可能为我们带来更深层次的快乐，因为我们看重这些域外特质，不仅仅是因为它们新奇，而且还因为它们更符合我们的个性，更能满足我们的心愿，相反，我们的故土并不能做到这一切。

我之所以对阿姆斯特丹表现出如此的热情，是和我对本国的不满相关的。在我自己的国家里，缺乏这种现代性，也没有这里素朴单纯的美感，有的只是对都市生活的抗拒和封闭保守的心态。

我们在异域发现的异国情调可能就是我们在本国苦求而不得的东西。

4.

先来考察一下福楼拜对法国的情感，这对我们更好地理解他为何能在埃及发现异国情调应该是不无帮助的。在埃及，那些让他既感新奇又觉得有意义的异国情调的方方面面，在法国则往往让他觉得极度的愤怒。让他们感觉愤怒的也就是法国小资产阶级的信仰和行为。早在拿破仑王朝倾覆之前，小资产阶级便已成为社会的主导力量——决定着法国新闻、政治、行为方式和公众生活的总体趋势。在福楼拜看来，法国小资产阶级是一个极端虚伪、势利、自鸣得意、虚夸和歧视其他种族的社会阶层。"奇怪的是，这些小资产阶级最陈腐的论调有时竟让我感到惊诧，"他强压愤怒，抱怨说，"这些小资产阶级让我觉得不可理解！我全然不能明白他们的一些手势、他们中一些人发出的声音，还有他们让我觉得眩晕的愚蠢论调……"尽管如此，他还是用了30多年的时间来理解这一切，其努力体现在他的著作《庸见词典》一书中。该词典带有强烈的讽刺意味，收录了法国资产阶级最明显的一些偏见。

这里只是按主题将词典中的一些词条进行归类，从中可以看出他对法国不满的方方面面，而这也正是他对埃及充满狂热的根本原因。

对艺术事业的怀疑

苦艾酒：剧毒液体，一杯下去，即可致命。记者写报道时常喜欢饮用。因它而死的士兵远比流浪汉多。

建筑师：都很弱智；总是忘记在建筑物内设计楼梯。

对异国（及其动物）的偏执和无知

英国女人：对她们能生育漂亮孩子表示惊讶。

骆驼：有双峰，而单峰驼只有一个驼峰；也许是骆驼只有单峰，而单峰驼有双峰——没有人能记得清楚孰单孰双。

084.

大象：因其记性和对太阳的崇拜而著称。

法国人：世界上最伟大的民族。

酒店：只有瑞士才有第一流的酒店。

意大利人：都懂些音乐，都不可靠。

约翰牛：如果你不知道一个英国人的名字，叫他约翰牛。

黑人：对自己白色的唾液感到奇怪，并因自己能讲法语而诧异的人。

黑种女人：比白种女人更热辣的女人（请参见词条"黑发黑肤女人"和"金发白肤女人"）。

黑：前面总有"乌木般的"作为限定词。

绿洲：沙漠中的客栈。

共夫的女子：所有东方女人都是共夫的女子。

棕榈树：体现地方色彩。

男子气概，庄重

拳头：统治法国需要铁拳。

枪：在乡下切记带枪。

胡须：力量的象征；胡须过多会秃头；可以保护领结。

1846 年 8 月，福楼拜写给路易斯·科莱的信中有这样的描述：我本质上是一个严肃的人，但是，我发觉自己非常荒谬，而且不是滑稽剧中的那类小的荒谬，我的荒谬几乎是人类生活中固有的，且体现在最简单的行为和最常见的手势之中，这使我觉得自己不是一个严肃的人。比如说，我修面时总要发笑，这看起来很傻，但实际情形就是这样，很难解释。

多愁善感

动物："动物能够开口说话就好了，它们中一定会有一些比人更聪明。"

圣餐：第一次圣餐：人一生中最重要的一天。

（诗的）灵感：源肇于视野中的大海、爱情、女人，等等。

幻觉：装出曾经有过太多，并抱怨自己而今一无所有。

相信进步，夸耀科技

铁路：有人喜形于色地说道："先生，我现在可以同你交谈，可就是今天上午，我还在 × 地。我乘火车到 × 地，在那里处理完事务，到 × 点钟时，我又回到了这里。"

做作

《圣经》：世上最古老的书。

卧室：在一个古老的城堡里，亨利四世总在那里过夜。

蘑菇：只能在市场里买到。

十字军：使威尼斯的商贸获益。

狄德罗：总是和达朗贝尔这个称呼连在一起。

086.

甜瓜：主餐后谈话的好题材。它是蔬菜还是水果？英国人把它当饭后甜点，不可思议！

散步：饭后总要散步，这有助于消化。

蛇：都是有毒的。

老人：只要讨论洪水、暴风雨等，老人们都会说这是他们所见过的最猛烈、最糟糕的一次。

假道学，压抑的性欲

金发白肤女人：比黑发黑肤女人更热辣（参见词条"黑发黑肤女人"）。

黑发黑肤女人：比金发白肤女人更热辣（参见词条"金发白肤女人"）。

性：忌用语，以"发生过的亲密接触"来委婉表示。

5.

如果我们了解福楼拜的这些想法，我们就会明白他对中东有着特别的兴趣绝非偶然，也不只是追求时尚。东方同他的性情有着逻辑上必然的契合。我们可以在他个性中的一些主要方面找出他强烈喜欢埃及的理由。他自身的一些想法和价值观念并不见容于他所生活的社会，但在埃及，这些想法和观念却能大行其道。

（Ⅰ）喧嚣中的异域情调

从下船登上亚历山大的第 1 天起，福楼拜就注意到埃及生活中的喧嚣。这种喧嚣既是视觉上的，也是听觉上的，如水手们的叫喊声、努比亚搬运工招揽生意的叫喊声、商人们讨价还价的声音、鸡被杀死时发出的声音、驴子被鞭打的声音、骆驼低沉的呻吟，这一切都让他感到很自在。他说，在街上有"粗嘎的喉音，类似野兽的吼叫，有笑声，到处可见白色的衣袍，在厚唇间闪烁的洁白牙齿，黑人塌塌的鼻子、脏脏的脚丫、项链和手镯"。"那感觉就像沉迷于贝多芬的交响乐之中，铜管乐器声震耳欲聋，低音乐器声隆隆如雷，长笛声凄然欲绝，任意摆荡；每种声音都让你挥之不去，它们捏着你，你越是想让注意力集中在某处，你越是无法把握整体……在城中各处走动时，当你的视线落在停满白鹳的光塔之上，抑或是落在房屋露台上横躺在太阳底下、疲乏的奴隶们身上，或者是凝视靠墙生长的西克莫无花果树的枝杈，你会发觉，这里的色彩是如此的斑斓炫目，你如同在观看不停顿的焰火表演，而你贫乏的想象力完全无所适从。与此同时，驼铃萦绕耳畔，大群的黑山羊咩咩直叫，还有马嘶驴鸣，商贩吆喝，不绝于耳……"

福楼拜有丰富的美感。他喜欢紫色、金色和碧绿色，对埃及建筑的颜色更是欢喜不已。英国旅行家爱德华·莱恩在其著作《现代埃及人的生活方式和社会风俗》中对埃及商人住所的典型设

路易斯·阿格仿大卫·罗伯斯的石版画《开罗的丝布市场》

计作了如下描述："除了斜条格构的窗户，还有一些别的装饰，如彩色玻璃拼成一些花束和孔雀图案，还有一些灰色的和艳彩的装饰，或者仅仅是一些奇幻的图案……在一些公寓抹有泥灰的墙面上，有当地穆斯林艺人简单率真的画作，有画下埃及[1]神殿的，有画穆罕默德墓的，也有画花卉及其他东西的……有时墙面只刻绘一些阿拉伯的格言警句，用的是美术字体，也不失为一种漂亮的装饰。"

埃及的这种巴罗克风格还延伸到其语言上，即便是最普通场合使用的语言也不例外。福楼拜曾记下了这样一些例子："刚不久，我在一家商店看花草种子时，有位曾接受我的东西的女人对我说，'祝福您，我亲爱的大人：神保佑您平安返回故里'……当麦克斯问一位车夫是否很累，他得到的回答是：'能得到您长久的注目，我感到万分荣幸。'"

为什么这种声的喧嚣和色的斑斓能打动福楼拜？福楼拜认为，生活本质上是混乱和喧嚣的，除了艺术作品，其他创造秩序的企图只是吹毛求疵和假正经，因而背离我们的现实生活。1851年9月，埃及之旅结束才几个月，他便到伦敦旅行。在给路易斯·科莱的信中，他谈及他的感受："我们刚去了海格特墓地[2]。相

1　Mekkeh，下埃及，从尼罗河呈扇形散开的那一点起，一直扩展到地中海的肥沃三角地区。——译者

2　Highgate cemetery，海格特墓地，建于1829年，分东西两个墓区，马克思墓即在东区。——译者

《开罗的私人宅第》，出自爱德华·莱恩 1842 年出版的《现代埃及人的生活方式和社会风俗》一

形于埃及和伊特鲁里亚[1]的建筑，这墓地有太多矫饰和做作！它太过整饬，太过清洁！似乎墓里的人都是带着洁白的手套死去的。我讨厌墓地周围那些有着平整花圃且群花绽放的小花园。那种对称的布局在我看来似乎是源自某部拙劣小说中的描写。至于墓地，我还是喜欢那些破败、坍塌和荒芜的墓地，其四围荆棘丛生，杂草疯长，还有一只从附近原野跑来的牛在那里悠闲地啃着嫩草。毫无疑问，这肯定比看到穿着制服的警察要强。秩序是多么荒谬的东西！"

（Ⅱ）拉屎的驴的异域情调

"昨天我们在开罗最好的一家餐馆用餐，"福楼拜回到巴黎几个月后写道，"和我们同时在店里的还有一只正在拉屎的驴子，一个在餐馆一角撒尿的男人。没有人觉得这有任何的不妥，也没有人表示任何的不满。"在福楼拜看来，他们这么做是对的。

福楼拜思想中的一个核心部分是，他认为人不仅仅是有思想的动物，同时也是需要拉屎撒尿的动物，我们必须把这种率直的理念纳入世界观。他对舍瓦利耶说："我们的身体里有泥土和粪便，还有比猪和阴虱更卑劣的本性，我不相信它们包容着任何纯洁和精神的东西。"这并不是说人类没有任何高于动物的地方。只

---

1 Etruscan，意大利中西部古国。—— 译者

是福楼拜所处时代的伪善和假道学使他萌生心念，以人类的种种不足来警策世人。因此，他不时地会站在当众小便者的一边，有时，他甚至同情萨德侯爵[1]的观点，为鸡奸、强奸、乱伦和未成年者性行为等作辩护。（他曾对舍瓦利耶说："我刚读了知名评论家让宁关于萨德的传记文章。这文章使我心生憎恶——是对让宁的憎恶，因为很显然，他是在以仁慈、道义和被奸污的处女的立场进行说教……"）

福楼拜发现埃及文化能坦然接受生活的双重性：粪便-心智，生-死，纯洁-性欲，疯狂-理智，对此，他乐于接受。人们可以在餐馆里尽情地打嗝。在开罗街头，一个只有6、7岁的小男孩经过福楼拜的身旁时高声问候说："我祝福您百事兴旺，特别祝福您有一根长长的肉棍。"爱德华·莱恩也注意到了埃及文化中的双重性，但可以想见，他的反应更近于让宁而非福楼拜："在埃及，人们不分性别、不计身份，一味耽溺于最低级的、庸俗的交谈，即便最有德性、最受尊敬的女性也不例外。从那些受过良好教育的人们口中，你同样能听到淫秽的话语，这些话语只适合于在低级的妓院里使用；在我们国家连妓女都极可能羞于启齿的事物和话题，在埃及却为那些最为优雅的女性所津津乐道，她们丝毫不曾意识到她们的谈话是多么的失礼，也毫不顾及在场的男性听众。"

---

1 Sade, Marquis de（1740—1814），法国色情文学作家。——译者

（Ⅲ）骆驼所体现的异域情调

"骆驼是最让人心动的东西之一，"福楼拜在开罗时写道，"它是个奇怪的动物，行走时有如驴子，步履蹒跚，同时还像天鹅般摇晃着自己的脖子，我很喜欢看着它，并乐此不疲。它们的叫声短促，伴着喉部的颤音，我已经摹仿很久，嗓子都有些累了，真希望我能摹仿出它的叫声，但这的确很难。"离开埃及几个月后，他写信给一位亲友，列出了在埃及最让他心动的事物：金字塔、凯尔奈克的庙宇、君王谷、开罗的一些舞蹈艺人，一位叫比尔贝斯的画家。"但最能打动我的还是骆驼（千万别以为我是在开玩笑），你很少能找到别的什么，比忧郁善感的骆驼更奇特、更优雅。你必须得到沙漠中，看着地平线上，它们像士兵一样排成单列向前行进。它们的脖子，鸵鸟般前伸，不断前行……"

为什么福楼拜如此欣赏骆驼？一个重要的原因是他认同骆驼的恬淡韧毅和朴拙单纯的天性。骆驼忧伤的表情，骆驼拙朴中透出的宿命般的生存能力，都让他感动。埃及人的天性中似乎也有骆驼的影子：在静默中表现出一种勇毅，一份谦恭，同福楼拜周围的法国中产阶层的傲慢天性正好相反。

从少年时代起，福楼拜就对法国的自我优越深恶痛绝——在其小说《包法利夫人》中，通过对药剂师霍梅斯这位最可憎的人物的残酷的科学信仰的描写，表达的正是这种深恶痛绝。他还给未来描绘了一个更为悲观的前景："一天又结束了，呸！这是一个威力无穷的词，它能在你遭遇任何人间苦境时给你带来安慰，所以我喜欢反复说：呸！呸！"这是一种处世的哲学，在埃及，可以在骆驼伤感、尊贵却带一点调皮的眼神中找到答案。

6.

在阿姆斯特丹的特维德·赫尔摩斯街和 E·C·惠金斯街的交合处，我看见一位将近 30 岁的女士沿人行道推着自行车。她穿着灰色长外套，里面是橘黄色套衫，脚下是褐色平跟鞋；她戴着一副很平常的眼镜，赤褐色的头发在脑后挽成一个髻。她大大方方地走着，没有一点好奇，似乎这是她的城市。在自行车的车把上挂着一个篮子，里面放了一长条面包和一盒果汁，果汁纸盒上印着"好胃口"（Goudappeltje）的字样，这"好胃口"的拼写中 t 和 j 是连在一起的，中间并无元音字母，对此，她已习以为常了。如果她是推着自行车去商店，或是走在高大的公寓街区，可以看见公寓顶楼上吊运家具的吊钩，那么，我们不会感觉出任何的异国情调。

好奇会驱使我们寻求理解。她上哪儿去？她在想些什么？她的朋友是谁？福楼拜和坎普乘船到马赛，然后从那里换上一艘开往亚历山大的班轮时，福楼拜突然对另一位女人产生了类似的强烈好奇。船上别的乘客都在心不在焉地看风景，福楼拜的眼睛盯住的却是站在甲板上的一位女士。福楼拜在埃及旅行手记中写道，她是"一个年轻、苗条的女子，戴着草帽，草帽上罩着长长的绿色面纱；她穿着一件紧身礼服，礼服外还套着一件短的丝质上衣。礼服有丝绒领子，两侧都有口袋。她的双手正插在口袋里。礼服正面，两排纽扣自上而下紧扣着，勾勒出了她的曲线，再往下，便是无数的褶裥。风中，这些褶裥在她的膝部飘舞。她戴着紧紧的黑色手套，旅程中的多数时候，她都倚着船舷，看着河流两岸的风景……我常有一种冲动，想为我所遇上的人编故事，强烈的好奇心迫使我想知道他们过的是怎样一种生活。我想知道他们的职业，他们的国籍，他们的姓名；我想知道他们此时此刻在想些什么，他们生活中有何遗憾，他们的期求又是什么？我还想知道他们曾有过怎样的恋情，而现在他们的梦想又是指向何方……如果碰巧遇上的是一位女士（特别是年轻的女士），这种好奇心的驱动力就会变得尤为强烈。老实说，你迫不及待地想看到她赤裸时的样子，想听到她的倾心告白。你会想尽办法打听她从哪里来，又将到哪里去？为什么她现在身处此地而非他方？你的眼光不停地在她身上游走，脑子里想象着自己同她坠入情网，认定她非常痴情。你想象她的卧室，还有许许多多和她相关的事情……直至她下床时在卧室里穿的旧拖鞋"。

在异域，一个有吸引力的人除了具有我们本国人所具有的魅力外，他所处国度的异域情调也让他生辉不少。如果爱是寻求那些我们自身所不具备却为我们所爱之人独有的个性魅力，那么，当我们和异域情人相爱时，我们更有理由期待自己融入一种我们自身文化所缺失的价值和观念之中。

欧仁·德拉克洛瓦:《待在家里的阿尔及尔女人》，1834 年

德拉克洛瓦所作与摩洛哥相关的油画似乎就给我们传递了这样的信息：对一个地方的向往是如何点燃我们对生活在那个地方的人的欲望。就拿《待在家里的阿尔及尔女人》来说，看到这幅画的人可能就像福楼拜对他所遭遇的女性一样，急切地想知道"她们的姓名，想知道她们此时此刻在想些什么，她们的生活中有何遗憾，她们的期求又是什么？还想知道她们曾有过什么样的恋情，而现在她们的梦想又是指向何方……"

福楼拜在埃及的传奇般的性经历虽是一种近乎买卖的嫖妓行为，但并非与感情无涉。这次性经历发生在一个叫埃斯纳的小镇。埃斯纳位于尼罗河西岸，卢克索以南约五十公里。福楼拜和坎普曾在那里留宿，并结识了一位有名的交际花——库丘珂·哈娜姆。库丘珂还以能歌善舞和见多识广而知名。"妓女"一词是与库丘珂尊贵的地位不相称的。福楼拜对她一见钟情："她的皮肤，特别是躯体的皮肤，略带咖啡色。弯腰时，丰满部位的肌肤呈波浪状，宛若一道道古铜色的山脊。她有着黑色的大眼睛，黑色的眉毛，宽大的鼻孔，圆实的双肩，双乳则苹果般饱满突出……她的头发也是黑色，卷曲蓬松，从前额开始中分，往两边梳至脑后……她右上方的一颗门牙似乎已被虫蛀了。"

库丘珂邀请福楼拜到她布置简单的家里。那晚，天空十分清朗，但格外冷。在他的本子里，福楼拜有这样的记载："我们上床了……她把手放在我的手中，睡着了，微微地打着鼾。室内桌灯如豆，一块三角形的光斑，朦胧的金属色，落在她漂亮的额头上，而她面部的其他各处都在阴影里。她的小狗则在沙发上，睡在我的丝绒夹克衫上。她抱怨说有点咳嗽，因此我将自己的毛皮披风加盖在她的睡毯上……我则思绪翻涌，想起了很多的往事。她的腹部紧贴着我的屁股，我还感觉到她的胸脯，远比她的腹部暖热，贴着我，像是热乎乎的熨斗……我们就这样紧拥在一起，这种身体的交流，胜过千言万语。她睡着了，手和大腿自然地收缩着，似乎在禁不住地颤栗……当你离开的时候，你确信自己已在身后留下了一份记忆，确信在众多的曾在她的住处留宿的人中，她会更多地记起你，确信你会被她藏在心底，这是一件多么让人得意和自傲的事情！”

　　福楼拜沿着尼罗河而下的整个行程中从未停止过对库丘珂的怀念。在从菲莱到阿斯旺的返程中，福楼拜和坎普在埃斯纳再度停留，并再次探访了库丘珂。这次见面只能让福楼拜愈发伤感：“无边的悲哀……这就是结局！我将再也不能见到她。记忆中，她的容颜将慢慢消失。”事实是，这以后，福楼拜终其一生都未忘却库丘珂的容颜。

7.

　　我们所接受的教育，提醒我们应该对一些欧洲人的异国狂想持怀疑态度，尽管他们的确曾到东方旅行，并在当地人的家中留宿过。那么，福楼拜对埃及的狂热是否也只是他借以回避他所憎恶的家国的一种幻想,是不是他儿时对东方的理想图景在成年时期的一种延续呢?

在旅行之初,福楼拜对埃及的了解也许非常含混,但经过在埃及 9 个月的生活,他对埃及的理解应该称得上是真实的。到亚历山大才不过 3 天,他就开始学习当地语言,并试图了解当地历史。他聘了一位私人老师,请他全面讲解穆斯林的习俗,一天 4 小时,每小时付给他 3 法郎。2 个月后,他就打算写一本叫《穆斯林习俗》的书(没写出来),并草拟了简纲,有专门章节介绍穆斯林的出生、割礼、婚嫁、到麦加朝圣、葬礼和末日审判等。通过纪尧姆·波捷的《东方圣书》,他能背记《古兰经》中的一些段落。此外,他还阅读了欧洲关于埃及的主要著作,这其中包括 C·F·沃尔涅[1]的《埃及和叙利亚之旅》和夏尔丹[2]的《波斯和其东方其他地区之旅》。在开罗,他同科普特教主教有过多次交谈,并走访了亚美尼亚人、希腊人和逊尼派教徒们居住的社区。他已是皮肤黝黑,蓄着胡须,并能讲当地语言,所以他常被误认为当地人。他穿着努比亚人的白色棉衫,上面缝着一些红绒球;他还差不多剃光了头发,只在脑后留了一绺,以便"穆罕默德在审判日拎住你"。他甚至还有一个埃及名字,在给他母亲的信中,他是这

---

[1] Volney, Constantin Francois(1757—1820),法国历史学家和哲学家。——译者

[2] Chardin, Jean(1643—1713),法国旅行家,经常旅行于中东和印度。——译者

样解释的：“埃及人觉得法国人的名字很难发音，所以他们用埃及名字来称呼欧洲人。你猜我叫什么？阿布-尚纳卜，意思是‘胡子之父’。‘阿布’，就是父亲的意思，适用于人们交谈中的所有重要的人和事——因此，他们称销售各种商品的商人们‘鞋子之父’、‘胶水之父’、‘芥末之父’，等等。”

对埃及的正确了解意味着发现一个新的世界，它同从鲁昂远距离观照而形成的埃及意象不尽相同。自然，失望也是难免会有的。埃及之旅后过了很多年，福楼拜已是知名作家；坎普则不再是他的朋友，并热衷于攻击福楼拜。令人难以置信的是，依据坎普的记述，福楼拜在尼罗河上的日子同他在鲁昂时一样无聊：“我兴奋异常，但福楼拜却正相反。他沉默而拘谨。他不喜欢各处走动，也不喜欢采取什么行动。他也许喜欢旅行，但只要可能，他更愿意不被干扰，手脚横陈地躺在沙发上看着各种风景、各类古迹和不同的城市以全貌的形式自动地展呈出来。我们刚到开罗才几天，我就看出了他的厌倦和无聊：尽管这次旅行是他多年来的梦想，是他原以为根本不可能实现的梦想，但旅行并没有带给他满足感。我曾相当直率地对他说：‘你如果想回法国，我可以让我的仆人陪你回去。’他回答说：‘不成，既然已经开始这次旅行，我就得坚持到最后。你安排旅行的日程，我会尽可能地配合——对我来说，往哪走都无所谓。’在他看来，那里所有的庙宇都一样，所有的清真寺都雷同，所有的风景皆无二致。我不清楚当他凝望大象岛时是否在思念索特维尔的草坪，而当他注目尼罗河的

（左图）《福楼拜在开罗》，1850 年，在他旅馆的花园里。

102.

时候，是否在盼着快快见到塞纳河？"

　　坎普的说辞并非全无根据。旅行至阿斯旺附近时，福楼拜曾陷入沮丧，在日记中有这样的记述："埃及的庙宇已经太让我厌烦了。它们是否会像是布列塔尼的教堂，比利牛斯山的瀑布？噢，存在着必然性！做你该做的事吧！在不同的环境里（尽管你可能一时反感），永远表现出你应该表现出来的样子，不管你是一位年轻人，一位游客，一位艺术家，或者是一个儿子，一位公民！"在菲莱，福楼拜没住几天，便在日记中继续写道："这个地方没有让我兴奋起来，我情绪低落。噢，上帝呀，厌倦到底是什么呀？为什么总是与我形影不离？……无聊之纠缠于我，有如德伊阿尼拉的毒衣之缠裹赫拉克勒斯[1]！更为糟糕的是，无聊是在慢慢地、一点一点地咀嚼我的灵魂。"

　　此外，尽管福楼拜希望能摆脱他所认为的欧洲现代资产阶级的那种极端的愚蠢，但他发现，不管身处何地，这种愚蠢无时不伴随着他："愚蠢是一种顽固的东西；如果你试图从你的生活中根除这种愚蠢，那么，你的生活也就随之毁掉了……在亚历山大，

　　1　Heracles，是罗马传说中最著名的英雄，他打败敌人，娶得德伊阿尼拉为妻。后来，半人半马怪涅索斯想要奸污德伊阿尼拉，赫拉克勒斯用一支毒箭将其杀死，怪物临死前要德伊阿尼拉把他伤口流出的血保存好，因为任何人如果涂上他的血都会永远爱她。后来，德伊阿尼拉怀疑赫拉克勒斯移情别恋，就让赫拉克勒斯穿上涂了血的衣服，实际上血有剧毒，赫拉克勒斯一触它即死去。——译者

一个叫汤普逊的家伙——他是一位来自桑德兰的游客——将自己的名字刻在庞培柱离地 6 英尺高的地方。在 1/4 英里外你就能看见他的名字。只要你看到了庞培柱，你必然就会看见'汤普逊'的字样；自然，你就会联想到汤普逊其人。这白痴已成了纪念柱的一部分，并使自己同庞培柱一起万世留名。我能说什么呢？他用巨型的字母刻写了他的名字，这份壮观几乎让庞培柱相形失色……所有白痴差不多都有桑德兰的汤普逊这种德性。一生中，在那些最美丽的地方和那些最精致的景观前，我们不知会碰上多少个这样的白痴！旅行中，也会遇上无数……因为仅仅是擦肩而过，之后，我们尚能一笑，因而不同于日常生活中的境况，在日常生活中，白痴最终都会让人恼怒不已。"

然而，这些并不意味着福楼拜对埃及的迷恋是源自他判断上的失误。他不过是用一种更现实却依然让他极度心动的图景取代了原来的、理想得近乎荒谬的想象，他对埃及充满的是一种了解后的心悦，而不再是年少时的狂热。坎普具有讽刺意味地把他描绘成一个失望的旅者，这让福楼拜有些生气，他对波伊特文说："一个中产者也许会说，'你若去那里，你将会有强烈的幻灭感'。但我很少有幻觉，更少体验幻灭感。总有人给谎言以夸饰，还说一切的诗意都基于各类幻觉，这实在是一种愚蠢的滥调。"

在给他母亲的信中，福楼拜非常准确地陈述了埃及之行带给他的收获："你问我，我所眼见的东方是否同原有的想象相符。是的，是相符的；而且超乎我的想象，这里的一切极大地扩展了我

先前对东方的狭隘观念。以前对东方的一些模糊不清认识，现在
都变得具体清晰起来。"

8.

即将作别埃及，福楼拜感到心烦意乱。"何时我才能再见到
棕榈树？何时我才能再次骑上单峰驼？……"他黯然自问，而这
以后，毕其一生他都只是在脑海之中频频眷顾这个国度。1880
年，福楼拜溘然辞世。在临终的前几天，他还对他的侄女卡罗琳
说："2周来，我一直都盼着能看到蓝天下傲立的棕榈树，盼着能
听到光塔顶上鹳雀咂嘴的声音。"

福楼拜与埃及的一世情缘似乎在鼓动我们珍视，并加深我们
对某些国家的迷恋。从年少时起，福楼拜就坚持认为自己不是法
国人。他对自己的国家和自己的国民的憎恶是如此之深，以至于
他的法国公民的身份近乎是一种嘲讽。他也因此提出一种新的方
法来确定一个人的国籍：不是按照一个人的出生之地，亦非依据
他家庭的归属来决定其国籍；一个人的国籍因取决于他所喜爱的
地方。（对他而言，把这个尚不确定的概念从"喜欢的地方"延伸
到"性别"和"种族"也许更合逻辑；他曾经在某个场合宣称，
不可以貌取人，他其实是一个女人、一只骆驼和一只熊。"我想给
自己买一只漂亮的熊，我说的是画上的熊，把它装裱好，挂在我
的卧室里，并在画的下面写上'古斯塔夫·福楼拜的画像'，以

此来表明我的道德取向和社交习惯。")

　　还在学生时代，福楼拜刚从科西嘉度假回家，就在一封信里第一次表达了他是属于法国以外的另一个地方的想法："回到这个鬼国家，我感到很恶心，这里你常能看到太阳悬在天上，像是一颗钻石镶在猪的屁股上。我才不管什么'诺曼底族'和'可爱的法兰西'……我想一定是风将我吹到这个泥淖之邦；我敢肯定我生在别处——我一直都有一种对飘香的海岸和蔚蓝的大海的感觉，像是记忆，或者说是直觉。我生来本是交趾支那的皇帝，吸着100英尺长的烟管，娶有6 000名妻妾，还有1 400个娈童，拥有努米底亚的好马和大理石铺成的水池，还佩戴着短弯刀，可以随时用它们割下那些我认为长得难看的人的头颅……"

　　找个地方来替代"可爱的法兰西"也许不切实际，但这封信里所潜含的要旨，即是风将他吹到这个国家的信念在他长大成人后仍被重复提及，并得到了更合理的解释。埃及之旅结束后，福楼拜试图向路易斯·科莱（"我的苏丹"）解释他的国家身份的理论（但与种族和性别无涉）："至于说祖国，也就是可以在地图上找到的、用红色或蓝色界线分隔出来的一小块地方，这种观念是不对的。对我来说，祖国是我热爱的国度，换言之，是一个给我梦想，让我舒畅的国度。在我身上，中国人的特性并不比法国人的特性少，而我们战胜了阿拉伯世界的事实并不能让我高兴，相反，我为阿拉伯世界的失败而悲伤。我热爱那些粗犷、韧毅、刚强的国民——他们是最后的原始人。中午，他们躺在骆驼肚皮下的阴凉里，一边吸着长长的烟管，一边取笑我们所谓的优秀文明，他们的取笑让'优秀文明'里的人震怒不已……"

路易斯在回复中表示，把福楼拜视为中国人或阿拉伯人是荒谬的。几天后，我们的小说家在给路易斯的回信中作了回应，坚持和强调了自己的立场，并显得有些不耐烦："与其说我是现代人，不如说我是古代人；与其说我是法国人，不如说我是中国人。祖国的观念，亦即一个人必须生活在地图上用红色或蓝色所标示的一小块土地上，并且仇恨那些生活在用绿色或黑色标示的地块上的人们，在我看来，这是狭隘、蒙昧和极端愚蠢的。我是所有活着的生物的兄弟，是人的兄弟，同样地，也是长颈鹿和鳄鱼的兄弟。"

我们，所有的人，都是因为风而四散各地，然后在一个国家出生，我们无法选择自己的出生之地；但是，和福楼拜一样，我们长大成人后，都有依据内心的忠诚来想象性地重造我们的国家身份的自由。如果我们厌烦了自己正式的国籍（在福楼拜的《庸见词典》中，"法国"的解释是"看着旺多姆纪念碑，人们一定会因为自己是法国人而无比自豪"），我们可以回复到真正的自我，不再是诺曼底人，而更像是一个贝都因人[1]，在干热的南风中快乐地骑着骆驼，坐在快餐店里用餐，毫不忌讳身旁有驴子拉屎，也乐于参与爱德华·莱恩所谓的"淫秽而放肆的谈话"。

1　贝都因人是中东沙漠讲阿拉伯语的游牧民族。——译者

有人问苏格拉底他从哪里来，苏格拉底回答说，他来自世界而非雅典。福楼拜生于鲁昂（在他年轻时的记述中，鲁昂有如地狱，在那里，中规中矩的公民们在星期天因为太过无聊，只好"可笑地手淫"），但他的另一面，阿布-尚纳卜，胡子之父，也许会回答说，他，福楼拜，也有理由属于埃及。

IV 好奇心
On Curiosity

地点	 马德里
向导	洪堡 

1.

　　春天，我受邀到马德里出席一个3天的会议，会议预计在星期五下午结束。由于我从来没有到过这个城市，而又听说这里有一些名胜古迹（显然不限于博物馆），我决定留下来多住几天。接待我的朋友为我在旅馆租了一间客房。这间旅馆就坐落在城市东南部、一条树木林立的大街上。从这里可以俯视一座庭院。有时，我会看到一位个子矮小、长得很像腓力二世的男子，站在那里一面抽着烟，一面用脚轻叩着我想应该是通往地窖的一扇铁门。星期五傍晚，我很早就回房休息。我并没有向接待我的友人透露，我准备在这里度过周末，因为我担心那样会增添他们的麻烦，反倒对大家都不好。不过，这意味着我的晚餐将没有着落。在走回旅店的途中，我没有胆子去路边的餐馆一探究竟。很多地方都是黑漆漆的木屋，好些餐馆的天花板都垂吊着火腿。我害怕成为众人好奇和怜悯的焦点，于是，我在客房的点心吧里拿了一包辣味薯片，看完卫星电视新闻后倒头便睡。

　　第2天早上我起床时，却觉得非常疲累，血管就像被砂糖或细沙堵塞着似的。阳光从粉红和灰色的塑料窗帘透进来，而外边巷子传来车水马龙的声音。桌上摆放着几本旅店提供的关于这座城市的杂志，以及我从家里带来的两本指南。它们都以不同的描述，向我们展示着一座充满刺激、五花八门的城市——马德里。它由纪念碑、教堂、博物馆、喷泉、广场和购物街所组成，正等待我去欣赏。然而，尽管这些景观我听得多了，也知道难得一见，我却因为自己的惰性和一般兴致勃勃的游客相去甚远而感到无精打采、心生厌烦。此时我最大的愿望就是赖在床上，如果可能的话，搭乘早班飞机回家。

2.

1799 年夏天，一位名叫亚历山大·冯·洪堡 [1] 的 29 岁德国人，从西班牙的拉科鲁尼亚海港起航，踏上南美洲探险的旅程。

"我早年的时候，就有一股欲望，想要远行到欧洲人很少涉足的地方，"他回忆道，"研究地图和阅读旅游指南充满神秘感并引人入胜，有时实在难以抗拒。"这位年轻的德国人的确很适合追求自己的理想，因为除了惊人的体力外，他在生物学、地质学、化学、物理学和历史方面都是行家。在格廷根大学求学时，他结识了曾经陪伴库克船长第 2 次出航的博物学家福斯特 [2]，并且掌握了分辨植物和动物种类的技巧。毕业后，洪堡一直寻找机会到偏远而不为人知的地方旅游。到埃及和麦加旅游的计划在最后一分钟告吹，不过 1799 年的春天，他有幸遇到西班牙国王卡洛斯四世，并说服了国王资助他到南美洲进行探险。

1　Humboldt, Alexander von（1769—1859），德国自然科学家和探险家，近代地质学、气候学、地磁学、生态学的创始人之一。——译者
2　Foster, Georg（1754—1794），德国探险家和科学家。——译者

112.

以后，洪堡离开欧洲长达 5 年的时间。他回来后，在巴黎定居，并在接下来的 20 年内出版了一部 30 卷的游记《1799—1804新大陆亚热带区域旅行记》。这部规模宏大的著作确实反映出他的非凡成就。爱默生 [1] 曾写道："洪堡是众多世界奇迹之一，就像亚里士多德 [2]、尤利乌斯·凯撒 [3] 和克赖顿 [4] 一样，仿佛在不同时代里展现了人类智慧的潜能，包括其力量和各种才能，他可说是一个'全能'的人。"

当洪堡从拉科鲁尼亚启航时，南美洲对于欧洲人来说相当陌生。韦斯普奇 [5] 和布甘维尔 [6] 曾经绕着南美洲的海岸环行，拉·孔达铭 [7] 和布给 [8] 也曾经勘查过亚马孙和秘鲁的山河，但是当时还是没有精确的南美洲地图，也没有关于那里的地质、植物和原住民

1　Emerson, Ralph Waldo（1803—1882），美国散文作家、诗人、思想家和美国 19 世纪新英格兰超验主义文学运动领袖。——译者

2　Aristotle（前 384—前 322），古希腊著名哲学家。——译者

3　Caesar, Julius（前 100—前 44），古罗马将军、独裁者、政治家。——译者

4　Crichton, James（1506—1582），苏格兰学者、演说家、语言学家。——译者

5　Vespucci, Amerigo（1454—1512），与哥伦布同时代的意大利商人和探险航海家。——译者

6　Bougainville, Louis-Antoine（1729—1811），法国航海家，曾作为首次环球航行的法国海军指挥官。——译者

7　La Condamine, Charles-Marie de（1701—1774），法国博物学家和数学家，完成了对亚马孙河的首次科学考察。——译者

8　Bouguer, Pierre（1698—1758），法国多学科科学家。——译者

爱德华·恩德:《洪堡和庞普兰德在委内瑞拉》，约 1850 年

的任何资料。洪堡将欧洲对于南美洲的认识提高到另一个层次。他沿着南美洲北部的海岸线和南美洲内陆，行进了 15 000 公里，一路上采集了 1 600 个植物样本，并发现了 600 个新品种。他根据计算精确的天文钟和六分仪所测量出的数据，重新绘制了南美洲的地图。他研究了地球的磁场，并且是首个发现离开地球两极越远，磁场就越弱的人。他也是第一个描述橡胶树和金鸡纳树的人。他画出连接奥里诺科河和内格罗河的流域。他测量出气压和海拔高度对植物种植的影响程度。他研究了亚马孙河盆地土人的宗族仪式，也发表了关于地理和文化特征之间关系的理论。他比较了太平洋和大西洋海水盐分的含量，还提出了海潮的观念，并意识到海水的温度受海潮的影响，远大于纬度的影响。

　　早期为洪堡立传的作者施瓦岑贝格，将其著作的副题命名为：“一生所能缔造的成就”，并把洪堡特别好奇的事物归纳为 5 个方面：其一，对地球及其居住者的知识；其二，对主宰宇宙、人类、动物、植物和矿物的更高自然法则之发现；其三，对新生物的发现；其四，对已发掘但未完整认识的陆地及其各种物产的发现；最后，对新认识的人种及其风俗、语言、文化历史遗迹的了解。

　　这种成就也许很少或者不可能是一个人一生所能完成的。

3.

　　我在马德里的探索之旅最终确定由一位女仆来负责接待。她

曾 3 次提着一篮的清洁剂和一把扫帚闯进我的房里，见我缩进被
单里，她还用夸张的嗓门喊道："喂！对不起了！"临走前把门甩
上之际，她还刻意用手上的东西撞击大门，发出很大的声响。由
于我不想第 4 次经历此种遭遇，便换上衣服，在旅馆餐室叫了热
巧克力饮料和一碟奶酪条，然后前往旅行指南称为"旧马德里"
的地方：

1561 年，腓力二世把马德里定为他的首都时，它只是卡斯蒂
利亚高原上的小镇，人口不过 20 000。马德里在接下来的几年里，
发展成为一个强大帝国的枢纽。在摩尔式要塞的后方，出现了狭窄
的街道，街道两旁建起了房子和中世纪风格的教堂。要塞后来被哥
特式的宫殿取代，最后才成为今天我们见到的波旁王朝式宫殿——
皇宫（Palacio Real）。这座城市因 16 世纪哈布斯堡王朝的统治而被
称为"奥地利人统治时期的马德里"。这段时间，修道院受到资助，
教堂和宫殿也建了起来。到了 17 世纪，增添了马约尔广场（Plaza
Mayor），而太阳门（Puerta del Sol）也成为西班牙的宗教和地理
中心。

我站在卡瑞塔斯街和"太阳门"的交叉处一角。这里隐约构成一
个半月形区域，有座卡洛斯三世（Carlos Ⅲ，1759—1788）骑马
的塑像。这天阳光明媚，有许多旅客一面照相，一面听导游的讲
解。我则越发焦急地想知道自己在这里应该做些什么、想些什么。

116.

4.

洪堡从来不被这些问题所困扰。无论他到什么地方去，目的都是明确的：发掘事实，验以证之。

在前往南美洲的船上，他已经展开研究。从西班牙航行到新格拉纳达，即今委内瑞拉海岸库马纳的途中，他每两个小时就测量一次海水的温度。他记录了六分仪所测出的数据，还在船尾系上一张渔网，然后把当中他所看到或找到的所有海洋动物记录下来。他一踏上委内瑞拉的土地，就立即投入对库马纳一带植物的研究。库马纳这座城建立在石灰质岩的丘陵地上，丘陵上长满像蜡烛般的仙人掌，枝干延伸出去，像是长了一层苔藓的枝形烛台。一天下午，洪堡量了一种仙人掌的圆周，测出的数据是 1.54 米。他花了 3 个星期的时间，测量了海岸上更多的植物，然后就进入内地，转移到新安达卢西亚的深山进行探索。他领着一头驴子，驴子驮着一个六分仪、一支测量磁性变化的磁倾针、一个温度计和一个测量空气湿度的索绪尔湿度表（一种用毛发和鲸骨做成的仪器）。洪堡对这些仪器善加利用。他在自己的日记中写道："我们一走进森林，气压计就显示，海拔高度增加了。在这里，树干形成了一个奇景：这里的草本植物长有轮状树枝，像蔓藤般生长到 8 至 10 英尺高，形成环圈，在我们的前路随风摇曳。大约下午 3 点，我们在一个叫做奎特普的小平原停下脚步，该平原海拔 190 突阿斯（突阿斯，长度单位，每突阿斯约等于 1.95 米）。平原上的几间茅屋旁有一条小溪，印第安人都认为小溪的水既清新又有益健康，我们发觉溪水的确很好喝，它的温度不过摄氏 22.5 度，而周围空气的温度是 28.7 度。"

5.

不过在马德里，一切都已经知晓，所有的事物都已经测量好。马约尔广场的北侧长约 101.52 米。它是在 1619 年，由胡安·戈麦斯·德莫拉建成的。这里的温度是摄氏 18.5 度，风向朝西。马约尔广场中央的腓力三世骑马的雕像高 5.43 米，是由詹博洛尼亚 [1] 和皮耶罗·塔卡 [2] 合力铸造而成。旅游指南介绍这些详情时，偶尔显得有些急切。接着，它又指引我来到圣米格尔教堂。这是一座灰色的建筑物，为了不被游客一眼带过，它建得与众不同。书上这么写道：

这座由博纳维亚设计的长方形教堂，是少数从 18 世纪意大利巴罗克建筑风格获得灵感的西班牙教堂。它弧形的外观以精致的塑像点缀，展现了内外线条之美。拾阶而上，可以看见圣尤斯图斯和圣帕斯托尔的浮雕。这座教堂正是为纪念这两位圣者而建。教堂的椭圆形屋顶与拱形的屋檐交叉着，而且灰泥粉饰浓重，使教堂内部显得优雅高贵。

---

1 Giambologna（1529—1608），意大利 16 世纪末期卓越的风格主义雕塑家。——译者

2 Tacca, Pietro（1557—1640），意大利文艺复兴时期雕塑家。——译者

118.

如果说我的好奇心远不如洪堡（而回床睡觉的冲动却是那么强烈），那么其中部分原因在于我们旅行的目的有别。对于任何旅人来说，一个为求得真知而进行的旅程，远比一个四处观光之旅得到更多好处。

知识是有其用途的。对于测绘师和研究胡安·戈麦斯·德莫拉作品的学生来说，测量马约尔广场北侧的尺寸是有用的。对气象学家来说，获知马德里中部四月天的气压也是有用的。库马纳仙人掌的圆周为 1.54 米。全欧洲的生物学家对洪堡的这个发现，也感到特别有兴趣，因为他们从来没有想过仙人掌可以长得这么粗大。

实用的知识能够引起群众的共鸣。当洪堡于 1804 年 8 月把自己有关南美洲的研究结果带回欧洲时，他受到许多兴致勃勃的人的包围和热情款待。抵达巴黎的 6 个星期后，他在座无虚席的皇家学院宣读了他的第一份旅行记录。他指出了南美洲海岸太平洋和大洋洲海水的温度差异，也描述了森林里不同种类的 15 种猴子。他打开 20 个箱子，展示了各种化石和矿物样本，吸引与会者纷纷挤到前台围观。经度研究局向他索取天文观测的资料，天文台则要了他有关气压的数据。他受到夏多布里昂和施特尔夫人的宴请，也受邀加入只有名流（如拉普拉斯[1]、贝托莱和盖-吕萨克[2]

---

1 Laplace, Pierre Simon de（1749—1827），法国天文学家、数学家、物理学家。——译者

2 Gay-Lussac, Joseph Louis（1778—1850），法国化学家。——译者

等）才有资格参加的阿奎尔学会。在英国，赖尔[1]和胡克[2]熟读他的作品，而达尔文也对他的大部分发现烂熟于胸。

当洪堡绕着一株仙人掌打转，或在亚马孙测量温度时，其好奇背后的驱动力，肯定源于一种服务他人的意识，因此就算他受到疲劳和疾病的威胁，这种意识也能够支撑他。洪堡发现，几乎所有关于南美洲的现有资料都与事实不符，或疑问重重，他因此有机会对它们一一修正。1800 年他航海到哈瓦那，他甚至发现这个西班牙海军最重要的战略基地在地图上的位置也是错误的。于是，他取出自己的测量仪器，重新确定了正确的纬度。一名西班牙元帅为此还请他吃了一顿晚餐，以示感激。

6.

我坐在普罗温西亚广场的咖啡厅，承认自己不可能再有什么新的发现。我的旅游指南上的一段文字更加强了这一点：

圣弗朗西斯科大公教堂的新古典式格局为萨巴蒂尼[3]所规划，但该建筑物本身，包括一个圆形主教堂和衔接的 6 个小礼拜堂，则

---

1 Charles Lyell（1791—1875），英国地质学院，主要著作有《地质学原理》。——译者
2 Joseph Hooker（1814—1879），美国内战时的联邦军将领。——译者
3 Sabatini，18 世纪意大利建筑师。——译者

是由卡韦萨斯所设计。该座建筑有一个宽 33 米或 108 英尺的圆形盖顶。

评判我所学的任何东西，都应以它是否让我受益为准则，而不是考虑它是否满足他人的利益。我对事物的发现应该让我更具活力：它们必须以某种方式使我"生命升华"。

这个术语是尼采[1]所提出的。他在 1873 年的秋季写了一篇文章，他对探险家或学者们的论据收集以及运用已知论据丰富内在精神这二者进行辨析。和一般大学教授不同的是，他对前一项活动不屑一顾，对后者却褒赞有加。在这篇名为《历史对于生命的用途和损害》的文章中，尼采一开始便非同凡响地声明：以类似科学的方法收集论据是徒劳无功的。真正的挑战在于运用这些数据来升华我们的"生活"。他引用歌德的一句话说："我厌恶所有那些只提供指示，却未能丰富或鼓动我活动的东西。"

"为了丰富生命"而从旅行中获取知识意味着什么？尼采提供了一些建议。他想象有这么一个人，对德国文化的现状和任何尝试改善它的办法皆感到沮丧。这个人到了意大利的一座城市，比如锡耶纳或佛罗伦萨，竟发现广为人知的"意大利文艺复兴"，只不过肇因于几个意大利人之努力。他们凭着运气、毅力和恰当的赞助人，使整个社会风尚和价值取向得以变更。这位德国旅客

1　Nietzsche, Friedrich（1844—1900），19 世纪德国哲学家。——译者

学会从他人的文化中寻找"曾经在过去充实'人'的概念并使它更完善的东西"。尼采还说道:"历史中总是一次又一次地出现一些对过往的伟大事物进行反思的人,他们从中获取力量,深深感受到人类生命的辉煌灿烂。"

尼采提供了第二种旅行方式的建议:通过历史了解我们的社会和身份认同如何形成,从而得到一份延续性和归属感。进行此类旅行的人"超越了个人的短暂生命并感觉到自己是他寓所、种族和城市的灵魂"。他能够凝视着古老的建筑并体验到"一份快乐,即他知道自己的存在并非完全偶然或任意的,而是过去的继承者和成果。因此,一个人的存在是合理的,且确有其存在的意义"。

按尼采的说法,观察一栋古建筑的意义不过在于思考到这一点:"建筑物的风格比原本以为的更加灵活。"我们可能凝望着圣克鲁斯宫("它建于 1629 年至 1643 年间,为哈布斯堡式建筑风格的珍品"),心中想:"如果当时能够把它建出,为何现在不能?"这样,我们从旅行中带回来的,或许就不是 1 600 种新植物,而是一系列细微、不显著但却能丰富人生的想法。

7.

这里我们还碰到另一个问题:那些到过此地的探险家,在有所发现的同时却也宣判了它们当中哪些是有意义的、哪些则没有。

122.

久而久之，这就决定了马德里的价值所在，并且变成了不可推翻的真理。维拉广场属于一星级，皇宫属两星级，王室赤足女子修道院属三星级，而东方广场则一星都没有。

这样的区分未必是错的，但是它却造成不良的影响。当旅游指南对一个景点赞赏有加时，它无形中产生一股压力，迫使读者接受其权威性，缔造一股热忱，至于景点会使游客感受到沉默、幸福还是兴致勃勃，它则毫不关心。早在未进入三星级的王室赤足女子修道院之前，我就晓得自己得配合这种源于权威的热忱："这是西班牙最美丽的修道院。有壁画装饰的楼梯看起来十分堂皇，上方则是回廊，这里的小礼拜堂一间比一间更奢华。"或许旅游指南还应该加上这句话："那些不同意以上说法的游客必定有问题。"

洪堡却没有感到这种威慑。当时很少欧洲人到过他留下足迹的地域，他者的缺席，正好给洪堡提供了自由的想象空间，使他能凭自己的感觉决定自己对什么产生兴趣。他能自如地建立自己的价值体系，无须遵循或刻意推翻他人的权威。当他到达处在内格罗河旁的圣费尔南多传教会时，他可以自由地设想这里的一切都是有趣的，又或许根本没任何有趣的东西。他的好奇心指向了植物，这对洪堡游记——《1799—1804 新大陆亚热带区域旅行记》——的读者而言并不会感到意外。在谈到圣费尔南多最有趣的地方时，他写道："我们在圣费尔南多最感到惊讶的是栗椰子。它的出现为这里的乡间带来了独特的风貌。这种植物长满了刺，而树干高度超过了 60 英尺。"接着，洪堡测量了这里的气温（很

保罗·戈西仿查理·本特列的石版画《奥里诺科的埃斯梅拉达》

热），并注意到传教士住在布满藤蔓植物的宅子内，它们周围都有花园，非常漂亮。

　　我试图设想一本没有任何先入之见的马德里旅游指南，想想我会如何按主观喜好对这里的所见所闻作一次评估。就我的兴趣指数而言，我会对西班牙饮食多肉少菜这一点给予三星（在这里的最后一顿正餐中，我只吃到了几根薄薄、白白的芦笋，其余的菜肴全都是肉类）。另外，我也会对普通百姓听似高贵且冗长的姓氏给予三星的兴趣指数（负责安排会议的助理，有像一列火车那么长的姓氏，由"de"或"la"衔接，这些称呼代表了祖先的城堡、忠实的仆人、一口旧水井和饰有纹章的外套。这与她现实中的生活形成了对比：一辆沾满尘土的 SEAT Ibiza 汽车和一栋靠近机场的小型公寓）。此外，我对这里男人长着小脚感到好奇，新市区里的建筑体现出人们对现代建筑风格的取舍，这也同样令我兴趣盎然。例如，我在这里发现，一栋建筑的现代性比它是否美观更为重要，就连一眼就觉得难看的古铜色外观也无所谓（现代性似乎是期盼已久的东西，人们需要感受到它的强烈程度，以弥补过去停滞不前的时代）。如果我能够依据好奇心的驱使决定什么是有趣的，而不是被一本有着绿色封面、影响力极强的《米奇林马德里道路指南》所左右，那么我主观上认为以上所说的，都应该名列马德里趣事中。而那本旅游指南具有很强的磁场作用，把读者心中好奇的指针拉往王室赤足女子修道院内那些走起来有回声的走廊上一道褐色楼梯。

8.

1802 年的 6 月，洪堡爬上了当时公认的世界最高的山峰——海拔 6 267 米的秘鲁钦博腊索火山。他的报告这样写道："我们不断攀越云层。多处山脊不超过 8 至 10 英寸宽。在我们的左方是冰雪覆盖的悬崖，它的表层结了冰，玻璃般闪闪发亮。我们的右方则是可怕的深渊，在 800 至 1 000 英尺的深处，有许多突出的巨石。"即便是危险重重，洪堡仍对多数人忽略的东西作了细致的观察："在海拔 16 920 英尺高的雪线上，我们看到了一些长在石头上的苔藓，我们最后一次见到青苔则是比这个高度低 2 600 英尺的地方。在 15 000 英尺的高处，庞普兰德（洪堡的旅伴）捕捉了一只蝴蝶，而一只苍蝇出现在比此处高出 1 600 英尺的地方……"

一个人为何会对苍蝇出现的确切高度产生兴趣？他又为何会关注长在 10 英寸宽的火山脊上的一片青苔？这份好奇心并非突然产生的；洪堡对这些事物的关注已久有时日了。苍蝇和青苔之所以吸引他是因为它们关系到先前出现的更重大、并且对于外行人来说更能理解的问题。

好奇心像是由一连串向外拓展并且有时延伸到深远处的小问题所引起，好奇的轴心就是几个没什么来由的大问题。我们小时候会问："为什么有善与恶？""大自然如何运作？""我为何是我这个个体？"如果环境和个人性情的发展得以配合，我们在成年的岁月中会继续探讨这些问题。人们的好奇心会涵盖更广阔的天

126.

弗里德里希·乔治·魏奇:《钦博腊索山下的洪堡与庞普兰德》，1810 年

地，最后到达什么都觉得新鲜，有趣的阶段。那些混沌的大问题便引出了更细微和深奥的问题。于是我们开始关注生存在山坡上的苍蝇，或者16世纪宫殿中的一幅壁画。我们也开始关心一位早已不复存在的伊比利亚君王的外交政策，或者女人在"三十年战争"[1]中扮演的角色。

洪堡早在童年时就想到一系列问题，这些问题导致他在1802年的6月中，对钦博腊索山10英尺宽的山脊上的一只苍蝇产生好奇心。他7岁那年从柏林老家到德国别处拜访亲戚时就问自己："为什么同一类植物不能在所有的地方生长？"为什么长在柏林周围的树不出现在巴伐利亚？反之也一样。他的好奇心受到他人的鼓励。他得到了大量关于自然界的书籍、一个显微镜以及数位了解植物学的家教老师的指导。他成了家中的"小化学家"，母亲更在书斋的墙上贴上了他完成的植物画作。当洪堡前往南美洲的时候，他已经尝试找出定律，以解释气候和地理环境如何影响动植物。他7岁时对事物所产生的质疑感并未减弱，只是这份好奇心以更复杂的问题形式体现出来，例如，如果北面是曝露面，那么蕨类植物是否会受影响？一棵棕榈树能够生长的海拔极限有多高？

洪堡在抵达钦博腊索山脚的营地后，先洗了脚、午睡了一会

1 Thirty Years War: 17世纪上半叶，以德意志为主要战场的一次席卷欧洲的战争。它是欧洲国家间争夺领土、王位、霸权以及各种政治矛盾和宗教纠纷尖锐化的产物。——译者

出自洪堡的《赤道地区的地理与植物》和庞普兰德的《安地斯山地区图解》，1799—1803 年

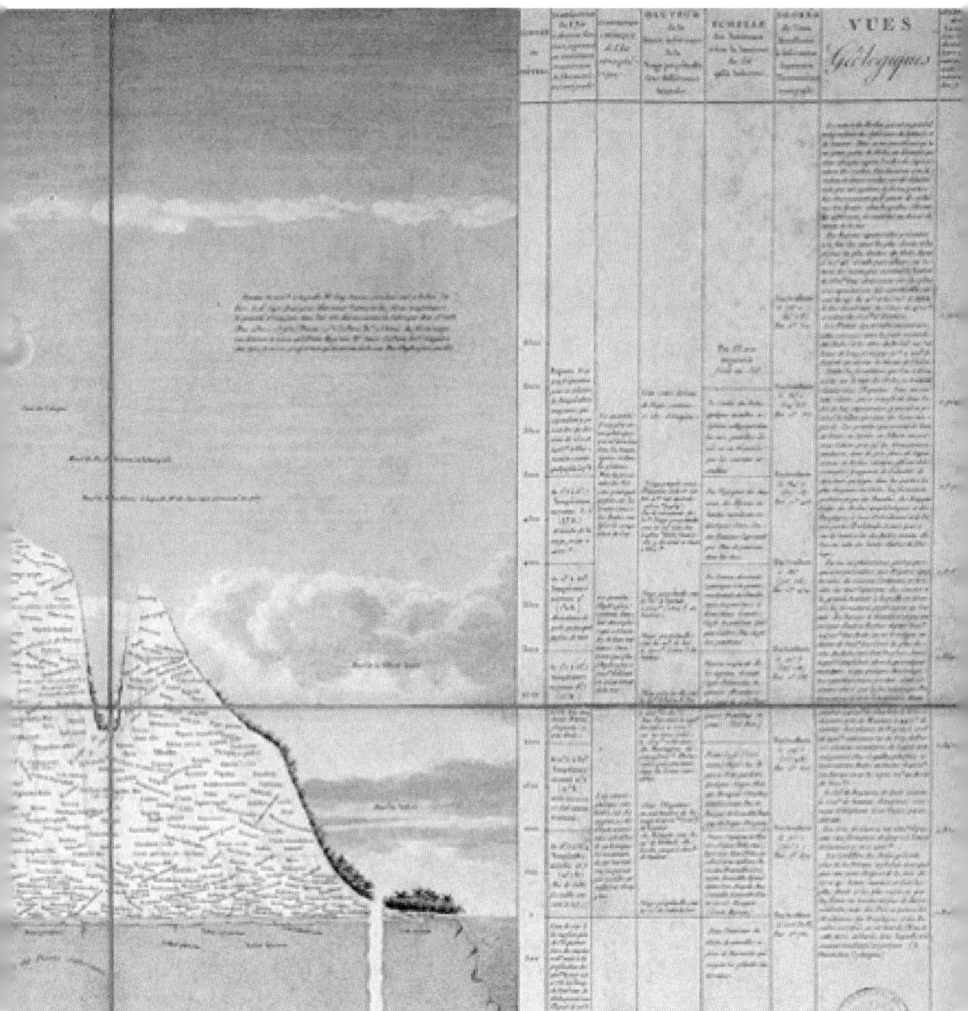

130.

儿，就几乎立刻开始动笔撰写《有关地理和植物的论述》。他在文中界定了植物在不同高度和温度下的分布情况。他把海拔高度分为6个区。从海平面至海拔3 000英尺的高度，生长的植物有棕榈树和香蕉树。蕨类植物生长至海拔4 900英尺的高度，而橡树则能生长至9 200英尺的高度。接着是常青灌木（如胡椒木和鼠刺），而最高的两个区为高山区：从海拔10 150至12 600英尺的高度，香草得以生长，而海拔12 600至14 200英尺的高处则能见到高山草和苔藓。他还兴奋地写道，苍蝇不太可能出现在海拔16 600英尺的高度以上。

9.

洪堡的兴奋证明了向这个世界提出恰当问题的重要性。因为由此我们可以看出，讨厌苍蝇与不辞辛劳攀登高峰以研究地理和植物，这两者之间的天壤之别。

然而不幸的是，多数的景物不会让游客产生怀疑，他们也因此失去了他们应得的刺激和情趣。这些景物往往平淡无奇，不给人任何联想；即便偶尔给人联想，这种联想也只是错误的联想。在交通阻塞频繁的圣弗朗西斯科大街的街尾，是圣弗朗西斯科大公教堂，和它相关联的东西太多了，但是却丝毫未能引发我的好奇。

除了建于18世纪的圣安东尼和圣柏纳蒂诺小教堂外，教堂墙

上和天花板上都饰有 19 世纪的湿壁画和其他画作。北侧的第一座
小教堂是圣柏纳蒂诺小教堂，其墙壁的中央画的是：来自锡耶纳的
圣柏纳蒂诺，在阿拉贡王面前传教之情景。这幅画的作者为年轻时
的戈雅[1]。在教堂圣器收藏室和牧师会礼堂内摆设的 16 世纪靠背座
椅，来自宝拉尔修道院，这是一个靠近塞哥维亚的加尔都西会[2]修
道院。

我们未能从这份资料中寻找到足以引起好奇感的任何线索，正如
同洪堡在山上见到的苍蝇一样，事实资料本身是不会说话的。如
果一位游客会对"饰有 19 世纪湿壁画和其他画作的教堂墙壁和天
花板"产生亲切感（而不是因心虚而屈从），他必定能够把乏味如
苍蝇一样的事实资料与大问题联系起来，这也正是其好奇心的落
脚处。

　　对于洪堡而言，关键的问题是："为什么大自然会出现地域
性的差异？"而站在圣弗朗西斯科大公教堂前面的人，心中想到
的问题则可能是："为什么人们觉得有必要建教堂？"或者甚至
会问道："为什么我们崇拜上帝？"这样天真的问题可能引发一
连串的好奇和进一步的质疑，例如："为什么各处的教堂都不一
样？""教堂的主要建筑风格是什么？""教堂的主要建筑师是谁？

1　Goya, Francisco（1746—1828），西班牙画家，西方绘画史上承前启后
　的大师。——译者
2　Gartuja，西班牙文，意为"加尔都西会"，天主教隐形院修会之一。

圣弗朗西斯科大公教堂

他们为何取得成功？"唯有经历好奇心的漫长演化，看到萨巴蒂尼设计的具新古典形式外观的大教堂，才会觉得欣喜，而不会陷入无聊、沮丧。

旅行的一个危险是，我们还没有积累和具备所需要的接受能力就迫不及待地去观光，而造成时机错误。正如缺乏一条链子将珠子串成项链一样，我们所接纳的新讯息会变得毫无价值，并且散乱无章。

这种危险因为地理原因而进一步加剧。同座城市中的建筑物或纪念碑可能不过咫尺之遥，然而鉴赏它们所需具备的能力却有天渊之别。我们到一个或许不会再重游的地方观光，觉得自己有必要接二连三地观赏一系列景物，然而这些景物，除了地理位置相近，别无其他联系可言。实际上，要求人们对各个景物都有适当的了解是非常困难的，因为不同的鉴赏能力是很难在同一个人身上找到的。我们受到感召，对一条街上的哥特式建筑风格产生兴趣，接着我们的注意力又得迅速转向伊特鲁里亚的古物。

到马德里观光的游客不得不对皇宫产生兴趣。这座18世纪的皇族居所因为其奢华的洛可可中国风格[1]宫室而闻名，它出自那

---

1 rococo chinoiserie：洛可可艺术是18世纪发源于巴黎的一种室内设计、装饰艺术、绘画、建筑和雕塑的艺术风格，其特色是轻松、优美、高尚、风雅，大量使用曲线和自然形态作装饰。洛可可艺术在形成过程中受到中国艺术的影响，特别是在园林设计、室内设计、丝织品、瓷器、漆器等方面。——译者

134.

不勒斯设计师加斯帕里尼之手。然而不到一会儿，我们的视线又不得不转向索菲亚王后艺术中心，这座用石灰粉饰的建筑专门收藏20世纪的艺术作品，镇馆之宝是毕加索的画作《格尔尼卡》。然而，照情理看，一位想对18世纪皇家建筑风格有更深层了解的游客在观赏皇宫后，应该前往布拉格或圣彼得堡的宫殿参观，而不是美术馆。

旅游因为表面的地理逻辑扭曲了我们的好奇心，这好比大学课程的指定教科书只看其厚度，而不问其主题一样。

10.

完成南美之旅多年后，洪堡临终前曾带着自怜和自傲的心情埋怨："人们常说我同时对太多东西感兴趣，例如植物学、天文学和比较解剖学。但你果真能够抑制一个人的求知欲，不让他了解和拥抱周遭的一切吗？"

我们当然阻止不了他，更恰当的做法应该是对他表示支持和敬意。但在对他的旅程表示钦佩时，我们或许也不应该排除对那些身处醉人的城市，却偶尔有强烈赖床的想法和想立即回家的旅人表示一些同情。

风　景

LANDSCAPE

V 乡村与城市
On the Country and the City

地点	英格兰湖区
向导	华兹华斯

138.

1.

　　我们乘坐一辆下午的火车离开伦敦。我和 M 约好在尤斯顿车站的发车月台下层见面。望着自动扶梯上和大厅里熙来攘往的人群，我觉得若能找到她的影子必定是个奇迹。但我却必须找到她，这说明了欲望的奇特之处。

　　我们沿着英格兰的山脊前进。夜幕低垂，我们嗅到了乡间的气息。车窗已逐渐变成长长的一面墨镜，望着它，我们越来越清楚地能看到自己的脸颊。当火车开到靠近特伦河畔的斯托克[1]时，我决定去餐车一趟，于是跌跌撞撞地穿梭于一节又一节摇晃的车厢，如同醉汉似的。但是对于能吃到在行进的火车上烹出的食物，我却特别兴奋。微波炉的计时器发出厚重的机械声，如同旧战争片中发出的响声一样，接着是清脆的铃声，示意我可以过来取烘好的热狗。这时火车开过一个道口，路的后方我隐约见到牛群的影子。

　　我们在将近 9 点的时候抵达奥克森霍尔姆站，站名边还附加了一个地名示：湖区。只有少数几位乘客与我们一同下车。我们静悄悄地走在月台上，在寒夜中可以清楚看到我们呼出的热气。我们看到车厢里的乘客或在打盹儿、或在看书。"湖区"对他们而言不过是漫长火车旅途中的一站，他们可以暂且放下手上的书，

　　1　Stoke-on-Trent，英国英格兰中西部城市。——译者

四处张望一下，比如瞧瞧月台上对称排列的罐子，或者瞄一眼火车站里的时钟，又或者随意地打个哈欠。一旦这趟前往格拉斯哥的火车开动，再度穿越黑暗，他们便又将翻开手中的书。

火车站像被人遗弃似的冷清得很，但我想它不可能一直都是这样，要不然指示牌上就不会加上日文翻译。我们在伦敦时曾打电话来过，预租了一辆车。在停车场尾端的一盏路灯下，我们找到了它。我们原本向出租公司租一辆小型轿车，但因为这类车全租出去了，他们于是送来了一辆深紫色大型房车。它的新车气味还很浓，灰色的地毯洁净如新，地毯上还留下吸尘机划过的痕迹。

2.

我们此趟旅程的直接动机是为了个人私事，但它同时也可以追溯到 18 世纪后半期一次影响广泛的历史运动。当时历史上第一次出现城市居民大量涌往乡间，他们的目的是恢复身体健康，更重要的是恢复心灵的和谐。在 1700 年的英格兰和威尔士，有 17% 的人居住在城镇上。到了 1850 年，这个比例上升为 50%，1900 年则为 70%。

我们往北前进，到达温德米尔湖以北几英里，一个叫特劳特贝克的乡村。我们在一家名为凡人的小旅馆预订了房间。两张很窄的床挨在一起，毛毯上污迹斑斑。房东带我们看了看浴室，并

140.

提醒我们这里的电话费昂贵得我们可能付不起（他大概从我们的穿着和在柜台上的犹豫态度推断我们经济能力有限）。当他离开的时候，他向我们保证会有3天的晴朗天气，并且欢迎我们来到"湖区"。

我们打开电视查看能收看到什么频道，并且发现这里能收看伦敦的新闻。不一会儿，我们把电视关上，把房间的窗打开。在这宁静的夜晚，我们只听见窗外一只猫头鹰的叫声，不禁让我们思索它在静夜中的出现是何等奇异。

我来这里还有一个原因，是因为一位诗人。那一晚，我在房里又读了华兹华斯[1]《序曲》中的一段。我读的是平装本，封面上画着一幅肃穆的老年华兹华斯肖像，这幅画出自本雅明·海顿[2]之手。M说，这人丑得像只老蟾蜍，接着就去洗澡。但是当她过后站在窗前抹面霜时，却吟了华兹华斯的几行诗。她已忘了诗名，但表示这些诗句是所有她读过的文字中最令她感动的。

光辉曾经那么耀眼

现在却从我的视线中消逝

纵使再也唤不回

1　Wordsworth, William（1770—1850），英国浪漫主义诗人和桂冠诗人。——译者

2　Haydon, Benjamin Robert（1786—1846），英国历史画家和作家。——译者

那绿茵葱郁、花朵绚丽的一刻；

我们不会悲伤，而是从残留中

寻找一股力量

——颂歌：《永生的宣言》，第 10 节

我们躺在床上，我想多看几行书，但是当我发现一根金黄色长发夹在床头板上，我就很难再专心看书。发丝既不属于我，也不属于 M，但它却表明这里住过许多游客。或许其中一位已经身处另一个大陆，而对于曾在此处留下自己身上的一小部分却浑然不知。在外面猫头鹰的呼叫声中我们断断续续地睡了一晚。

3.

威廉·华兹华斯 1770 年生于"湖区"北方边缘的一个小镇——科克茅斯。他自称"童年中有一半的时光是在山野中奔跑嬉戏"。他生命的大部分时间在"湖区"度过，但也间断地在伦敦和剑桥住过，并且到过欧洲旅行。他最早住在格拉斯米尔村庄里一栋简朴的两层楼房里，房子用石头砌成，名为"鸽舍"。后来他渐渐有了名声后，便搬到附近的赖德尔，住进了较为充裕的寓所。

他几乎每天都要在山间或湖畔步行一段很长的距离。即使是下起雨来他也并不在乎。他坦言落在湖区的雨"有一股气势和韧劲，让失意的旅人想到了落在阿比西尼亚山区的成为尼罗河终年源头的豪雨"。华兹华斯的友人托马斯·德奎恩斯估计，诗人一生中走了 175 000 英里至 180 000 英里的路程。德奎恩斯认为基于华兹华斯的体格，这是非常难得的。他说："华兹华斯的身体并不算强健。所有我知道的女士腿评专家，都一致尖酸刻薄地嘲讽华兹华斯这方面的缺陷。"德奎恩斯认为更遗憾的是："当他行走时，华兹华斯的姿势很糟糕。根据很多乡下人的说法，'他走起路来十足像一只大谷盗虫。'那是一种斜着行走的昆虫。"

在别人眼中如此别扭的行走，却给诗人带来了灵感，成就了他关于大自然的诗作，如《致蝴蝶》、《致布谷鸟》、《致云雀》、《致雏菊》和《致小小的白屈菜》。以前，诗人不过是很随意或习惯性地看待自然现象，但是它们现在在华兹华斯笔下却成了最伟大的主题。根据华兹华斯的妹妹多萝茜的日记（这本日记记录了华兹华斯在湖区的活动）记载，华兹华斯 1802 年 3 月 16 日这天在帕特代尔附近一个湖畔散步。这个湖叫做"兄弟湖"，湖面非常平静。他走过湖上一座桥，便坐下来写了以下的诗句：

公鸡啼鸣

小溪流淌

小鸟啁啾，

湖水闪耀着波光……

山林中充满快乐

　　喷泉中充满活力

　　云儿飘荡

　　天空属于蔚蓝

过了几个星期，诗人被美丽的雀巢所感动，于是又提笔写道：

　　瞧，五颗蓝色的蛋正在那里闪烁！

　　这么简单的画面

　　却少有景象比它悦目，

　　也少有盼望的喜悦

　　比它更令人神往！

几年后的一个夏天，他听见夜莺的鸣唱，又觉得有必要把心中的
喜悦表达出来，于是写了以下诗句：

　　夜莺啊！你美丽的歌吟

　　必定出自一颗炽热的心——

　　你唱得如此嘹亮

　　仿佛酒神

　　已为你找到了情人

这些诗句并不是偶发的喜悦之声。它们背后有一套完善的自然哲

学理论。这套哲学具有独创性，阐述了获得幸福的条件以及我们不幸福的缘由。它贯穿华兹华斯的所有作品，并且在西方思想中有着相当的影响。诗人解释说，大自然中的各种现象，包括小鸟、小溪、水仙和绵羊，都是不可或缺的，因为它们能矫正和治疗城市人倍感困顿的心灵。

　　华兹华斯的主张一开始便遭受到可怕的阻力。拜伦 1807 年为华兹华斯《诗歌二卷》所作的评论中提到，他对于一个成年人把花儿或动物看得那么高贵感到困惑。他说："幼儿园的读者对于这样矫饰、浮华的作品会怎么看哪？……难道是为模仿吟游诗人，以缓解摇篮里婴儿的啼哭吗？"《爱丁堡评论》语调同情地断言华兹华斯的诗歌是"幼稚、荒谬之作品"，并怀疑或许是诗人本身想刻意让自己成为笑柄。《爱丁堡评论》指出："一把铲子或一个雀巢或许真的能给华兹华斯留下一系列深刻的印象……然而可以肯定的是，这样的联想在大多数人看来似乎是被迫、生硬和不自然的。所有世人都取笑以下的作品：《挽歌·致吃奶的小猪》《洗衣日圣歌》《献给老奶奶的十四行诗》《醋栗派颂》。但是，要让华兹华斯先生相信这一点却是非常困难的。"

　　许多文学刊物中开始出现嘲仿华兹华斯此种风格的拙作：

一朵云

让我的心

赞叹，这样的蓝天

真惹人爱怜

又如:

我看见的是知更鸟吗?
还是鸽子或穴鸟?

然而华兹华斯却丝毫不为之动摇。他奉劝博蒙夫人"不要因为这些诗歌目前受到的评论而烦恼"。他解释说:"这个时刻与它们将来能发挥使命时相比算得了什么?我相信我的诗歌之使命便是安慰受苦者;使开心的人更加快乐,好让白天的阳光更明媚;教导年幼者及各年龄层有仁爱之心的人学会真正的观察、思考和感受,让他们在行动和心灵上更有德性。这就是它们的职责,我相信在我们作古多年后,它们仍会忠实地完成这个使命。"

他唯一的错是在时间判断上。德奎恩斯解释:"1820 年以前,华兹华斯的名声被践踏。1820 年至 1830 年期间,褒贬互见;到了 1830 年至 1835 年,胜利降临了。"人们的品位经历了缓慢却鲜明的转变。读者群逐渐停止嘲讽,他们开始欣赏,甚至背诵这些关于蝴蝶或白屈菜的赞歌。游客们因为受华兹华斯诗作的感染而来到他获取灵感的地方观光。于是,温德米尔、赖德尔及格拉斯米尔开始出现新的旅馆。到了 1845 年,前来"湖区"观光的游客估计比这里的绵羊还多。他们在位于赖德尔的华兹华斯庭院里

146.

瞥见诗人的影子，并且在诗人描述过的山坡和湖畔寻找自然界的力量。当骚塞[1]于 1843 年辞世时，华兹华斯被授予桂冠诗人的荣誉。一批追随者甚至筹划将"湖区"命名为华兹华斯郡。

当 80 高龄的华兹华斯 1850 年与世长辞时（这时英格兰和威尔士有半数的人口过着都市生活），许多严肃的评论大都倾向于认同华兹华斯的看法，赞同他的这个立场：时常走访大自然是解除城市生活中罪恶的必要良方。

4.

城市中的乌烟瘴气、拥挤、贫穷和丑陋，都是人们抱怨的地方。但是，即使是实施了清除空气污染法案，并且扫除了贫民窟，华兹华斯仍旧不会停止批评。因为，他关注的不仅是城市对我们健康构成的不良影响，更重要的是它危害我们的内在心灵。

诗人谴责城市造成一系列窒息生命的情感，包括对我们所处社会地位的焦虑、对他人成就的羡慕，以及在陌生人面前炫耀的欲望。他直言不讳地表示，城市人毫无主见，只限于在街边或饭桌上道听途说、人云亦云。虽然他们生活舒适，却从未放弃追逐新鲜事物，即使他们什么都不缺、而幸福也根本与他们想要追逐

1　Southey, Robert（1774—1843），英国诗人，散文家，1813 年受封为桂冠诗人。——译者

的东西无关。另外，想在这样拥挤而焦躁的生活圈子里与他人建立真诚的情谊，要比在一个孤立的居住环境还要困难。对于自己在伦敦的生活，华兹华斯曾作如下描述："我始终对一件事感到不解：人们如何可能与隔壁的邻居在同一处生活，却如陌生人般，全然不知彼此的姓名？"

我起程前往湖区的几个月前，在伦敦市中心（这个人事喧哗的世界。——《序曲》）参加了一次聚会，体会到了上述的一些弊端，让我受尽折磨。我离开了会场，感到格外庆幸，抬头一看，头顶上出现的一大片乌云竟让我感到意外的轻松。虽然它乌黑一片，我却拿出小型照相机想把这个景观拍摄下来。我似乎体验了华兹华斯诗作中形容的那股自然力量的救赎作用。这片云在几分钟前才飘到此处，它很快会随着强劲的西风飘逝而去。周遭办公楼的灯火，似乎点缀了这片云的边缘，散发一股颓废的橙色荧光，好比一个派对上全身挂满饰物的老翁。然而，它中央那一团花岗岩般的灰色，证明它是空气与海缓慢交流而成。它不久会飘过埃塞克斯的原野上空，掠过沼泽地和炼油厂，最后飘向那波涛汹涌的北海。

我一面望着这个奇观，一面走向公车站，我发现先前的焦虑退却了，心中浮现华兹华斯赞颂威尔士山谷的诗句：

……（大自然）能够让人了解
我们内在的心灵，它静谧而且美丽
它带给我们崇高的理念

148.

不论是邪恶的言辞、偏见、自私自利者的鄙视、

毫无善意的寒暄以及日常生活的人情淡薄

都不能战胜我们，也不能剥夺我们

这个愉快的信念：眼中所见的自然充满

神的恩赐。

《廷特恩修道院上方几英里所成之诗行》

5.

1798 年的夏天，华兹华斯和她的妹妹来到了威尔士的瓦伊河谷。在这里，华兹华斯亲身体验到了自然的力量，这种体验随后在他的诗作中流露出来，并且伴随诗人一生。这已是诗人二度造访瓦伊河谷。5 年前，他曾到过此处，随后的一段日子却相继经历了许多不愉快的事件：他在伦敦这个让他恐惧的城市待过；他因为接触戈德温 [1] 的著作而改变了政治观点；他通过结识柯尔律治 [2] 转变了作为诗人的使命感；他还亲眼看到罗伯斯庇尔 [3] 在法国

---

1 Godwin, William（1756—1836），英国社会哲学家、政治报刊撰稿人、不信奉国教者。——译者

2 Coleridge, Samuel Taylor（1772—1834），英国抒情诗人、评论家、哲学家。——译者

3 Robespierre, Maximilien-Francois-Marie-Isidore de（1758—1794），激进的雅各宾派领袖。法国大革命中的重要人物之一。——译者

菲利普·德·卢泰尔堡:《廷特恩修道院旁的怀河河谷》, 1805 年

实行的恐怖统治。

　　再度来到瓦伊河谷时，诗人坐在一棵枫树底下。居高临下地欣赏着河谷、河流、周围的山崖、灌木树篱以及森林，诗人受到了感召，写出了或许是生平最好的诗作。他曾这样表示："创作这首诗所处的状态，比起任何其他一首，给我留下更美好的回忆。"诗的正题为《廷特恩修道院上方几英里所成之诗行》，副题为"1798 年 7 月 13 日重访瓦伊河畔之作"，他借由此诗赞颂了大自然使心灵复原的魔力。

　　　　虽然阔别多日，
　　　　与那山林的美景相隔千里，
　　　　但正像盲人心中的千山万水，
　　　　时常，在寂寞的屋子里
　　　　或在市井的喧嚣中，我得以
　　　　在困顿疲惫中，感到一种甜蜜
　　　　获得宁静的回归

　　城镇和乡间的对立，成了这首诗的骨干，诗人不断提醒我们，只有乡野才能对抗城市的不良影响。

　　　　不知多少次，
　　　　不管在黑暗，还是在变化多端、

忧郁的光线中，辗转反侧
一无所获。世界的谵妄
压在我心的悸动之上。
不知多少次，我转向你
乡间的瓦伊河！你在林中蜿蜒，
不知多少次，你让我魂萦梦绕！

这种感激在《序曲》中重现，而诗人再度表示，大自然对他
施惠良多。他认为自己之所以身处城市，却不被城市生活所助长
的卑劣情感所污染，全凭大自然的力量。

如果，与世界水乳交融，我已满足
以小小的快乐，度日
……远离
小小的仇恨和卑劣的欲望
这些是你所赐……
你的风和咆哮的瀑布！都是你的，
你的高山！噢，你的大自然！

6.

为什么？为什么接近一座瀑布、一座山或自然界中的任何一

154.

部分，一个人比较能免于"仇恨和卑劣欲望"的骚扰？为什么在比肩接踵的街道就做不到？

湖区提供了我们一些线索。我和 M 在这里的第一个早晨起得很早，到凡人旅馆的早点室享用早餐。它的墙漆上一层粉红色，从窗口向外望出，是一个茂密的山谷。外面下着大雨，但房东向我们保证，这不过是一场过路雨。他接着为我们呈上了粥，并提醒我们早餐若想加蛋必须额外付费。录音机正在播放秘鲁的管乐，并且穿插亨德尔 [1] 《弥赛亚》片断。我们用过早点后，把背包整理好，随即开车到安布尔赛德镇采购一些背包行走的必用品，如指南针、防水地图套、水、巧克力和三明治。

安布尔赛德镇虽然不大，但是它却有大都会的喧哗。大卡车正在商店外卸货，嘈杂声不断。另外，到处都可看见餐馆和旅店的告示牌。虽然我们很早便到达这里，但茶室早已座无虚席。报摊架上的报纸，刊登了伦敦一场政治丑闻的最新态势。

然而，安布尔赛德镇西北方几英里外的大兰代尔峡谷，景色却迥然不同。我们自抵达湖区以来，首次深入乡间，感受到了大自然的气息远强于人气。行道两旁的田野里耸立着许多橡树，树与树之间都相隔一段距离，对山羊来说，这片田野肯定曾让它们胃口大开，因为整个的田野已被它们啃平，变成不错的草坪了。

1　Handel, George Frideric（1685—1759），德国出生的英国作曲家，因其所作歌剧、清唱剧和器乐作品而闻名于世。——译者

橡树长得非常高雅标致。它的树枝不像柳树那样垂卧在地上，叶子也不像一些白杨树那样不修边幅、近距离看起来像半夜被唤醒的模样一样：头发蓬乱、不及梳理。相比之下，橡树将低处的树枝紧密地收聚起来，较高处的树枝则有序地生长，形成了一个翠绿茂密、近乎完美的圆形冠顶，就好像小孩的画中树的原型一样。

与房东预测的相反，雨继续下个不停，站在橡树下，我们感觉到了橡树的硕大。雨点洒落在 4 万片树叶上，击打或大或小、或高或低、或积水或少水的叶片，发出了不同音调的声响，形成了"噼里啪啦"的和谐旋律。这些树木形成了一个复杂而又有序的系统：树根耐心地从泥土中吸收养分；树干中的毛细管将水和养分朝 25 米高的上方运送；每根树枝吸收足够的养分滋润树叶；每片树叶尽力为整棵树贡献一己之力。这些树木也体现出了耐心：它们耸立在这个下雨的早晨，不发一句怨言，只是适应着季节的缓慢转变。它们不会因为风狂雨暴而陷入狂躁，也不会因耐不住寂寞而想要远走高飞，去往别的河谷。这些橡树安安分分的，树根像细长的手指深入湿湿的土壤里，延伸到离主干若干米的地方，同时也远离了最高处蓄满雨水的树叶。

华兹华斯喜欢坐在橡树下，聆听着雨声或者看着阳光穿梭于树叶间。他把树木的耐心和庄严看作大自然特有的杰作，并且认为这些价值应该受到尊重。他写道：

在心灵为了眼前的景物

> 沉醉之前，一场眼花缭乱之舞
> 转瞬即逝，大自然却适度呈现了
> 一些永恒的东西

华兹华斯说，大自然会指引我们从生命和彼此身上寻找"一切存在着的美好和善良的东西"，自然是"美好意念的影像"，对于扭曲、不正常的都市生活有矫正的功能。

如果我们要接受华兹华斯的论点（即便是其中一部分），我们就必须接受以下前提：人的身份认同多多少少都具有伸缩性，也就是说，我们的个性会随着周围的人或物的转变而变化。与某些人往来，可能会激发我们的慷慨和敏感，但与另外一些人来往则会引发我们的好胜和嫉妒心。A 君对于地位和权势的迷恋可能会悄悄引发 B 君对自己身份轻重的担忧。A 君所开的玩笑可能潜移默化地激起 B 君隐藏在内心已久的荒谬感。但如果把 B 君置于另一个环境，他所关注的事物将受新的互动者的言行举止影响，随之发生转变。

那么如果把人放置于大自然中，与一座瀑布或高山、一棵橡树或一株白屈菜共处，又会对他的身份认同产生什么影响呢？毕竟，草木无情，它们何以能鼓励我们，让我们从善如流。然而，华兹华斯坚持认为人类能从大自然中获益，其论点的关键在于：一个没有活动能力的物体仍然能对它周遭的事物产生影响。自然景物具有提示我们某些价值的能力，例如：橡树象征尊严、松树

象征坚毅、湖泊象征静谧。因此，自然界景物能够含蓄地唤起我
们的德性。

华兹华斯在 1802 年夏天写给一位年轻学生的信中，讨论了
诗歌的作用。他在信中几乎明确指出自然界所包含的价值。他说：
"一位伟大的诗人……应该在某种程度上矫正人们的思想感情……
使他们的感情更健全、纯洁和永久，也就是与大自然产生共鸣、
更加和谐。"

华兹华斯从每个自然景观中都能找到这份稳健、纯洁和永恒
性。例如，花朵是谦卑和温顺的典范。

致雏菊
甜美、恬静的你！
与我一同沐浴在阳光中、在空气中吐息
你以欢欣和柔顺
温润
我的心

动物是坚忍的象征。华兹华斯对一只蓝色山雀特别钟爱，因
为即使是最恶劣的天气，它也仍旧在诗人寓所"鸽舍"的果园里
高歌一曲。诗人和妹妹多萝茜在那里度过的第一个严冬，便被一
对天鹅感动，这对天鹅也是那里的新客，但却比他们兄妹俩更能
忍耐寒冷。

158.

　　我们在兰代尔峡谷走了 1 个小时后，雨势开始减弱，我和 M 听见了持续不断但十分微弱的"啐"声，穿插着较强的"啼嗦"声。3 只鹨从草丛中飞出，一只黑耳麦翁鸟则高踞在松树枝上，神色忧郁，它在夏末的阳光中晒着那沙黄色的羽毛。不知什么东西惊动了它，它突地飞离了原位，在山谷上空盘旋，并发出迅疾而刺耳的叫声："嘘耳，嘘喂，嘘喂喔！"然而这阵鸣叫声却丝毫未对岩石上费力攀爬的毛毛虫产生影响，而谷地上的众多绵羊也无动于衷。

　　一只羊缓缓地走近小道，并好奇地望着游客。人和羊都惊讶地互相凝视。过了一阵，那只羊蹲了下来，懒洋洋地吃了一口草，好像在咀嚼口香糖一样。为什么我是我这样，而它又缘何是那般样子？另一只绵羊走过来，挨着它的同伴蹲了下来。霎时间里，它们好像交换了一个会意而欣然的眼神。

　　在前方几米处，有一片蔓延到溪流的草丛。草丛中突然发出一种奇怪的声音，像是一个倦意十足的老翁在饱食一餐后清理喉咙的声音。紧接着是杂乱的飒飒声，像是有人在一堆树叶中急躁不安地翻找宝物。一旦发现有来者，他便即刻安静下来，紧张得好像小孩在玩捉迷藏时躲在衣柜后面屏住呼吸，不敢出声。在安布尔赛德，人们买报纸，吃煎饼，而在这里，隐藏在草丛中的或许是一只长满毛、拖着一条尾巴、爱吃浆果和苍蝇的动物，正在树叶堆中乱窜，发出"呼噜，呼噜"的声音。然而，这个家伙尽管如此奇怪，却仍然活在当下，是个和我们一样睡觉和呼吸、活生生地生活在这个地球上的生物，而宇宙中除了这个星球有生物外，其他主要都是由岩石、蒸气和沉寂构成。

华兹华斯写诗的目的之一是想引导我们去关注那些和我们生活在一起却常被人漠视的动物。我们经常只是用眼角余光瞥它们一眼，从未尝试去了解它们正在做什么或想要什么，它们的存在不过是一些模糊而又普普通通的影子，例如尖塔上的小鸟和在草丛中穿梭的动物。诗人请读者放下他们的成见，设想用动物的眼光看看这个世界，并辗转切换于人类和自然界的视角。为什么这样做会有趣甚至有启发性呢？也许不快乐的泉源正来自我们用单一的视角看世界。在我前往湖区的几天前，我发现有一本19世纪的书讨论华兹华斯对鸟类的兴趣。该书的序言中提示了运用多重视角看待事物的好处：

> 我相信，如果这个国家的地方消息、每日新闻或一周大事不仅记载这块领土上伯爵、尊贵女士、国会议员和大人物的启程和返程，而且也记录鸟儿的抵达和离去，必定会给公众带来乐趣。

如果我们对这个时代或精英的价值观感到痛心，那么思及地球生命的丰富多彩，或许会让我们感到释然，让我们记住，这个世界除了大人物的事业，还有在原野鸣叫的草地鹨。

当柯尔律治回头看华兹华斯早期的诗作时，他认为这个天才做了以下的贡献：

赋予日常事物以新意，并且激发一种类似超自然的感觉；通过唤醒人们的意识，使它从惯性的冷漠中解放出来，看着眼前的世界是多么可爱和奇妙。大自然是个取之不尽的宝藏，然而因为人类的惯性和自私自利的追逐，我们视而不见、充耳不闻，心灵既不能感受也不能领悟。

华兹华斯认为大自然的"可爱"能继而鼓励人们找到自己内在的善。两个人站在岩石边，俯瞰着河流及树木茂密的大山谷。这样的景色可能不仅改变了他们与自然的关系，也使得这两人之间的关系更不一样了。

在悬崖相伴之下，我们曾关注的一些东西都显得不重要了。反之，一些崇高的念头油然而生。它的雄伟鼓励我们要稳重和宽宏大量；它的巨大体积教导我们用谦卑和善意尊重超越我们的东西。当然，站在一座瀑布前或许会引发我们对一位同事的羡慕，但是如果华兹华斯的观点能让人信服的话，那么出现这种情况的可能性会小一些。诗人认为人的一生如果在大自然中度过，人的性格会被改变不少，不再会争强好胜，羡慕别人，也不再焦虑，于是他欢呼：

　　……起初
　　我透过伟大或美好的东西来看人，
　　借由这些东西的助力来深入了解人

阿舍·布朗·杜兰德:《相近的灵魂》, 1849 年

结果发现了一个稳固的堡垒，对抗
卑鄙、自私、粗野、低俗——
这些在我们日常生活世界
从四面八方向我们进袭的敌人。

7.

我和 M 无法在湖区久留。我们在这里待了 3 天，然后就坐上
了回伦敦的火车。坐在我们对面的男士不断使用手提电话，但好
像总也找不到要找的人。火车开过许多田园和工业城镇，这段时
间里，我们通过他的许多交谈了解到他正在寻找一位叫吉姆的人，
因为吉姆欠了他的钱。

即使是我们承认能从与大自然的接触中获益不浅，我们却仍
可能因为接触它的时间短暂而受限制。用 3 天的时间沉浸在大自
然中所得到的精神抚慰，未必能持续超过几个小时。

然而，华兹华斯却没那么悲观。在 1790 年的秋天，诗人踏
上了阿尔卑斯山之旅。他从日内瓦起步，前往杰莫利谷，然后穿
过辛普朗山口，再从贡多溪谷往下走，抵达玛芝奥湖[1]。他在写给
妹妹的一封信中描绘了目睹的景观："此刻，当眼前的景物浮现在
我脑海时，我带着非常愉快的心境仔细思考着，今后每一天，只

1　Maggiore，意大利北部。——译者

要忆及这些印象，我便能从中感受到快乐。"

这里并没有夸张的成分。几十年后，阿尔卑斯山的景象还存活在他的心中，并且一旦唤起便重新带给他一股力量。这些景象的复活使他信心十足地表示：我们在大自然中所见到的景象可能永远留在我们一生的记忆中，每当它们进入我们的意识中，便能与我们眼前困境形成对比，给予我们慰藉。他称这些自然界的体验为"凝固的时间点"。

> 在我们的生命中有若干个凝固的时间点
> 卓越超群、瑰伟壮丽
> 让我们在困顿之时为之一振
> 并且弥漫于我们全身，让我们不断爬升
> 当我们身居高处时，激发我们爬得更高
> 当我们摔倒时，又鼓舞我们重新站起

对于自然界中这些细小却关键的时刻的信念，使我们了解了华兹华斯在为诗作定副题时的用意：如《廷特恩修道院上方几英里所成之诗行》的副题为"1798 年 7 月 13 日重访瓦伊河畔之作"。具体的年、月和日的记载，透露了在乡间遥望河谷的那些瞬间，或许就是生命中最重要的一刻，让人获益良多，所以值得像生日或结婚纪念日那样铭记在心。

我也体验过"凝固的时间点"。它发生在我拜访湖区的第二

164.

天傍晚。我和 M 在安布尔赛德附近的一张长凳上坐着吃巧克力条。我们对所喜爱的巧克力条交换了意见。M 说她喜欢里面有焦糖的，而我却偏爱干硬、饼干味较浓的。接着，我们静了下来。我的目光停留在小溪旁田野上的树林。树的颜色不一，呈现不同色度的绿，仿佛是有人从调色板上取下的样本。这些树给人一种特别健康、充满活力的印象。它们似乎并不在乎这个世界是否老旧或悲哀。我很想把脸埋在树林中，好让它们散发的芳香帮助我恢复元气。自然界不在乎两个在长凳上吃巧克力的人快乐与否，只是自行地呈现一个那么符合人类审美条件的景观，这的确神奇非凡。

我的注意力停留在这个景观上仅 1 分钟的时间，过后便被工作的思绪打乱，M 也建议我们回旅馆，因为她想打电话。我并未意识到这个景象已印在我脑海里，直到有一天下午，我困在伦敦的交通阻塞中，心烦焦虑，突然那片树林的景象又涌现了出来，将那些排得满满的会议和未答复的信件都一一撇开了。我的思绪被带离了繁忙的交通和拥挤的人群，回到了那些我叫不出名字却非常清晰可见的树木面前。这些树木成了我思绪得以休息的避风港，它们保护着我，使我免于陷入焦虑的漩涡，并且在那个下午给了我一小部分生存的理由。

1802 年 4 月 15 日，上午 11 点，华兹华斯在阿尔斯沃特湖西岸发现了一些水仙花。这个湖位于我们居所以北的地方，相距几英里。在他的描绘中，近万朵水仙花"在风中婆婆起舞"，湖中的涟漪似乎也在伴舞，然而水仙"舞姿轻盈快活，比那晶莹的湖水还要更胜一筹"。他说："这场演出给我带来如此多的财富。"这一刻也因此成为凝固的时间点：

> 常常，我在卧榻上躺着
> 内心空虚或忧虑。
> 突然，我的心灵之眼
> ……显现奇观，顿时充满欢愉
> 与那些水仙一同飞舞

诗中最后一行或许不幸落入了拜伦所指责的"矫揉造作"范围之中，但是它却提供了令人慰藉的理念：我们或处于空虚、焦虑的思绪中，或在"动荡的世界"里、城市的交通阻塞中穿梭，但都能够借助旅行中所见的自然景象，如一片树林或湖畔的几朵水仙花，来缓解我们一些"怨恨和卑劣欲望"。

2002 年 9 月 14 日至 18 日湖区之旅有感

VI 壮阔
On the Sublime

地点	 西奈沙漠
向导	伯克　　　　约伯 　

168.

1.

　　由于非常向往沙漠，而美国西部的照片（小片风滚草被风卷起，在草地上翻腾）和伟大沙漠的名字如美国加州的莫哈韦沙漠、非洲的卡拉哈里沙漠、中国新疆的塔克拉玛干沙漠和亚洲东部的戈壁又强烈地吸引了我，于是我搭乘包机前往以色列胜地埃拉特，准备到西奈沙漠漫游一番。在飞机上，我同邻座一名澳大利亚女子谈天，她正准备到埃拉特的希尔顿酒店当泳池救生员。在飞行途中，我阅读的是帕斯卡[1]的文章：

　　当我想到……我占有的这个小小的空间正要被无垠的空间吞噬，然而对无垠的空间，我一无所知，连这空间也不知道我的存在，这个念头让我惊恐，我也惊讶于自己出现在此空间而非彼空间：我有什么理由出现在此地而非彼地，有什么理由出现在此时而非彼时？是谁让我置身于此？

　　　　　　　　　　　　　　　　　　帕斯卡：《思想录》

华兹华斯鼓励我们到各地旅游，以体验真情，滋润灵魂。我前往沙漠是为了让自己感悟到一种渺小。

　　就像被酒店的看门侍者轻视，或者被英雄的成就比下去一

　　1　Pascal, Blaise（1623—1662），法国数学家、哲学家。——译者

阿尔伯特·比兹塔特:《落基山脉兰德斯峰》, 1863 年

170.

样，"渺小"通常不是一种让人愉快的感觉。不过，还有另外一种令人满足又能让自己感觉渺小的方式，那就是在以下画作面前观画：比兹塔特 [1] 的《落基山脉兰德斯峰》（1863）、卢泰尔堡 [2] 的《阿尔卑斯山雪崩》（1803），或者弗里德里希 [3] 的《吕根岛的白垩峭壁》（约 1818）。画中这些荒芜、无垠的空间带给我们的是什么呢？

2.

西奈之旅的第 2 天，我们一行 12 人来到一个毫无生机的山谷，这里没有树、没有草、没有水，也没有动物。沙岩地上满是巨石，它们仿佛被一个粗野的巨人踩过后，滚下周围的山坡。这些光秃秃、赤裸裸的山脉，显露出了通常被层层泥土和茂密松树林所遮掩的地貌。狭长的洼地和裂缝诉说着千万年来饱受的压力，而经历不同地质年代的演化，山脉间也出现了众多的横断面。地球的地壳构造板块之间的褶状花岗石，就像亚麻布一样。山脉在地平线上无止境地延伸，直到西奈山的高原逐渐变成铺满碎石的"砂砾烤盘"。贝都因人把它形容为"埃尔帝"（El Tih），或"流浪者的沙漠"。

---

1 Bierstadt, Albert（1830—1902），美国风景画家。——译者

2 Loutherbourg, Philip James de（1740—1812），早期浪漫主义画家。——译者

3 Friedrich, Caspar David（1774—1840），德国画家。——译者

3.

我们因一些风景而引发的情思，很少能用三言两语就形容出来：好比在初秋的黄昏看着天色渐渐暗去，或者在一片空旷的平地上看到一池静谧的湖水，我们往往要用一大堆拗口的词藻来描绘我们的情感。

不过，到了18世纪初，终于出现了一个词，它能够清晰地反映出我们对悬崖峭壁、山川冰河，以及辽阔夜空和巨石林立的沙漠的特别感受。这个词就是"壮阔"（sublime），在这些景观面前，我们完全可以体会到这样的感受，而且一提到"壮阔"，别人也可以理解是什么样的风景。

这个词源自公元200年左右，希腊作家朗吉努斯[1]的一篇论文《论壮阔》。这篇文章后来被人遗忘，直到1712年重新翻译成英语，才重燃起评论家对它的强烈兴趣。虽然各家对这个词的分析不尽相同，但是基本共识非常明确，那就是把一系列似乎毫不相关的景致，依据它们的雄壮、空旷或险峻等特征，归纳成同一类，并指出这些景致能引起共鸣，让人产生一种美好而充满道德感的感受。景观的价值不再单纯依赖于正式的审美准则（比如颜色是否协调、线条是否匀称），也非基于经济或实用的考量，而是看它

---

[1] Longinus（213—273），古希腊新柏拉图主义哲学家、修辞学教师。——译者

菲利普·德·卢泰尔堡：《阿尔卑斯山雪崩》，1803 年

卡斯帕·戴维·弗里德里希:《吕根岛的白垩峭壁》, 约 1818 年

是否能引发壮阔的感觉。

约瑟夫·艾迪生[1]在《论想象的乐趣》一文中写道，面对"一片广阔郊野、广垠荒芜的大沙漠、悬崖峭壁和浩瀚江河"，总会感觉到一种"美好的宁静和惊异"。希尔德布兰德·雅各布也在《壮阔之观如何提升心灵》一文中，列出了能够引发这种感受的景致，它们包括：大海（不论平静还是波涛汹涌）、落日、悬崖、洞窟和瑞士的高山。

旅人纷纷前去探秘。1739 年，诗人汤姆斯·格雷[2]到阿尔卑斯山远足，他是几个有意识地追求壮阔景致的先锋之一。他写道："在前往加尔都西修道院的短途旅行中，无须走上 10 步，就有令人叹为观止之处。这里没有悬崖峭壁，没有惊涛骇浪，却处处孕育着神圣而充满诗意的气息。"

4.

黎明时分的西奈南部，给人的感觉是怎样的？ 4 亿年前形成的幽谷、2 300 米高的花岗石山以及陡峭谷壁上千年的侵蚀造就了它。人在这些壮阔景观面前，就像迟来的尘埃。与这般壮丽景致的交会，令人欣喜、陶醉，也让人在面对宇宙的力量、更迭和浩

1　Addison, Joseph（1672—1719），英国散文家、诗人、剧作家。——译者
2　Gray, Thomas（1716—1771），英国诗人，浪漫主义运动的先驱。——译者

176.

瀚时，深感人类的脆弱与渺小。

　　我的背包里有一把手电筒、一顶太阳帽和一部伯克[1]的著作。伯克 24 岁时，放弃在伦敦的法律研究之后，就写了《关于壮阔和美丽理念之源的哲学探究》。他直截了当地表示：景致之壮阔和脆弱的感觉有关。很多景致是美丽的，例如：春天的草原、柔美的山谷、橡树和河畔小花（尤其是雏菊），不过这些景致并不壮阔。"壮阔和美丽常被人混淆，"他抱怨道，"两者所指相差很远，有时性质可说是南辕北辙。"对于那些从基尤瞭望泰晤士河，然后惊叹泰晤士河是何等壮阔的人，这位年轻的哲学家显露出了一丝的不耐烦。一种景致只有让人感受到力量，一种大过人类甚至是威胁到人类的力量，才能称之为壮阔。壮阔之地具体表现了人类意志所不能左右的力量。他用耕牛和野牛作比较来说明这个道理："耕牛力气很大，但是它是温驯的，任劳任怨，不构成任何威胁，因此耕牛并不会给人以雄伟的感觉。野牛的力气也很大，但是这种力气属于另外一种，往往是非常具有破坏性……因此野牛给人的感觉是雄伟无比的，壮阔的感觉也是如此。"

　　世界上有"耕牛般"的景致，没有杀伤力，"一点也不危险"，并顺从人类的意志。伯克年少时就曾经到过这么一个地方，也就是基尔代尔郡巴利托村里的一所贵格会寄宿学校。这个地方位于都柏林西南 30 英里处，有大片的农田、果园、树篱、河流和

1　Burke, Edmund（1729—1797），英国政治家。——译者

花园。世界上也有一些"野牛般"的景致。伯克列举了这些景致的特征：庞大、空旷、晦暗，而且这些景致因具有一致而延绵不绝的特质，看起来无穷无尽。西奈沙漠就是其中之一。

5.

但是为什么会产生这种欣悦？为什么要追求这种渺小的感觉甚至因此而感到高兴？为什么要离开埃拉特城的安逸，背起沉重的背包，跟随一组沙漠爱好者沿着亚喀巴湾的海滩行走数英里，来到一个只有岩石的沉寂之所？还必须像一个逃犯那样躲在少数几块巨大岩石的阴影之下，以躲避烈日的暴晒？为什么我们充满欢欣地期盼花岗石床、砂砾烤盘，以及那向远处伸展、山峰镶嵌在深蓝天空一角的凝固火山熔岩而不感到沮丧呢？

有一种解释是，那些比我们强大威猛的东西不一定令我们感到憎恨。那些与我们意志相违的东西可能引起我们的愤怒和怨恨，然而它也可能让我们心生敬畏。而它们是否能引发我们的敬畏，则完全取决于它们貌似挑衅、恶劣和傲慢的同时，是否也具尊贵之风度。看门人的自大傲慢令人生怨，迷雾笼罩的高山奇险则使人心生尊崇之意。强大却卑劣之物让人有被羞辱之感，但强大且尊贵之物则使我们敬畏。让我们再次引申伯克关于动物的比喻：一头野牛或许能引起壮阔之感，但一条水虎鱼却不能。其关键似乎在于动机：我们视水虎鱼的力量为邪恶且具掠夺性的，却把野

牛的力量视为坦率和正大光明的。

即使我们不在沙漠中，别人的行为及自己的缺点也会让我们感到渺小。羞辱感是人类永远的危机。我们的意志常被违抗，愿望也常被阻挠。崇高的景观不会因此而直接揭示我们的不足。它们的吸引力在于提供我们一个新颖和有效的方法，去面对我们原已熟悉的缺憾。壮阔的景致以宏伟的方式，重复着日常生活经常施予我们的教训："宇宙强而有力，而人类脆弱不堪；人的生命是脆弱和短暂的；我们除了接受加诸意志之上的限制外，别无选择；许多的必然性不是我们可以对抗的，面对它们时，我们只能臣服。"

这便是写在沙漠岩石上和南北两极冰地上的教诲。因为书写得如此壮丽，我们在离开这些景点后不会有任何挫折之感，反倒为这些超越自身的东西所感动，并在回忆中归返这些我们精神生活所不可或缺的庄严壮美的景象。我们的敬畏之心也可能演化为崇拜之情。

6.

由于人们习惯于把比他强大的东西称为上帝，因此当人们开始思及西奈的神灵时，并不让人觉得奇怪。这里的山和山谷让人很自然地联想到，这个地球是由人类双手以外的东西建构的，他的力量比我们所有人力量的总和还要强大。早在我们出生前他便

180.

已存在，并且在我们死后仍会一直存续下去（路旁的花朵和快餐店就很难让人联想到这点）。

据说上帝在西奈花了很多时间，最为人们津津乐道的事件是他用了2年的时间在中原地带照顾一群脾气暴躁、经常抱怨没有食物，并且容易受到异教神祇引诱的犹太人。摩西在临终前说道："耶和华从西奈而来。"（《申命记》，第33章第2节）"西奈全山冒烟，因为耶和华在火中降于山上，山的烟气上腾，如烧窑一般，遍山大大地震动。"《出埃及记》（第19章第18节）这样形容。"众百姓见雷轰、闪电，角声、山上冒烟，就都发颤，远远地站立，对摩西说：'求你和我们说话，我们必听，不要神和我们说话，恐怕我们死亡。'摩西对百姓说：'不要惧怕，因为神降临是要试验你们，叫你们时常敬畏他，不至犯罪。'"（《出埃及记》第20章第18—20节）

然而，《圣经》的记载只是加强了西奈游人必会体验的一个印象，那就是：肯定是某个存在（或力量）有意塑造了这般景观。他一定比人还要强大，并且拥有纯粹的"自然"所不可能有的智慧。在凡夫俗子眼中，"上帝"似乎可以为这股力量正名。我们或许以为自然的力量，而非超自然的力量，一样能造就美感和充满力量的印象。然而当我们站在一个沙岩山谷中，看着山谷向上延伸耸起，像是一个巨大的祭坛，而这祭坛之上，正悬着一弯新月……目睹此景，我们还能坚持是自然造就了美感和力感吗？

早期描写壮阔之物的作家常把壮阔的景致和宗教联系起来：

1712 年，艾迪生《论想象的乐趣》：

"广阔的空间让我思考到了一个无所不能的神。"

1739 年，格雷《信札》：

"有些景象能让无神论者心生敬畏，相信上帝的存在，这根本无须任何论证。"

1835 年，科尔[1]《论美国之风光》（Essay on American Scenery）：

"这些孤绝之景不是出自自然之手，上帝才是它们真正的创造者——上帝。这是他完美无瑕之作，让人思考永恒之物。"

1836 年，爱默生《自然》：

"自然界最崇高的职责，便是作为上帝创造之奇观出现。"

西方人为壮阔之景所吸引，正好发生在传统的上帝信仰式微之时。这并不是偶然的。这些景观仿佛使游人体验到一股超然之感，而这种体验是他们在城市和已开发的乡间无法获得的。这些自然景观让人们和超然的力量保持情感上的联系，同时他们也无须再苟同于《圣经》文本和宗教团体中越来越具体却越来越不可信的论

1　Cole, Thomas（1801—1848），美国浪漫主义风景画家。——译者

点，因此他们获得了自由。

7.

上帝和壮阔景致的联系在《圣经》中的一章里写得最具体，其情境相当特别。一个正直但却沮丧万分的人质问，为什么他的生活中有那么多磨难。上帝的回答是，他应当去想想天地间的山川河流等自然景观。在这里，壮阔的景观承担了如此迫切且沉重的问题，这的确是罕见的。

伯克把《约伯记》描绘为《旧约全书》中气象最壮阔的篇章。该篇章的开头说到有一个名为约伯的富人，他非常虔诚，住在乌斯（U2）这块土地上。他有7个儿子、3个女儿、7 000只羊、3 000只骆驼、500对牛和500头驴子。他本来事事顺心，德行也得到了回报。然而，有一天，灾难降临了。示巴人偷走了约伯的牛和驴子，他的羊被闪电击毙，而骆驼也被迦勒底人掠夺了。沙漠吹起了一阵飓风，将他长子的寓所给吹毁、同时夺走了他和弟妹们的生命。接着，约伯从脚掌到头顶全都长出了毒疮，他呆坐在被毁房子的灰烬中，用瓦片刮着自己的身体，并痛哭一场。

为什么约伯会遭受到磨难？他的朋友提供了答案：他一定是做了什么罪大恶极的事。书亚人比勒达告诉约伯，如果他和孩子没做过坏事，上帝是不会杀死他的孩子的。比勒达说："神岂能偏离公平？"拿玛人琐法则认为，上帝对约伯已经够好了，他说：
"所以当知道神追讨你，比你罪孽该得的还少。"

但约伯却不能接受这些解释。他称之为"灰烬的箴言"和
"淤泥的堡垒"。他从不是个坏人，为什么会遭遇不幸？

在整部《旧约全书》中，这是上帝面临的最尖锐的一个问
题。沙漠刮起了一阵旋风，而愤怒的上帝从中给予了约伯这样的
回答：

谁用无知的言语使我的旨意暗昧不明？

你要如勇士束腰；

我问你，你可以指示我。

我立大地根基的时候，你在哪里呢？

你若有聪明，只管说吧！

你若晓得就说，是谁定地的尺度？

是谁把准绳拉在其上？

光亮从何路分开？

东风从何路分散遍地？

谁为雨水分道？

谁为雷电开路？

冰出于谁的胎？

天上的霜是谁生的呢？

你知道天的定例吗？

能使地归在天的权下吗？

你能向云彩扬起声来，

使倾盆的雨遮盖你吗？

鹰雀飞翔，展开翅膀一直向南，

岂是借你的智慧吗？

你有神那样的膀臂吗？

你能像他发雷声吗？

你能用鱼钩钓上鳄鱼吗？

当上帝被问及为什么约伯没做坏事却遭受祸害时，他把约伯的注意力引向伟大的自然现象。不要因为事与愿违而感到惊讶，因为这个宇宙比你大得多。当无法理解为什么会发生事与愿违的情况时不要惊讶，因为你根本不能彻底理解宇宙的逻辑。站在群山之前，你就知道自己有多么渺小。接受比自己伟大的事物，也接受自己不了解的道理。这个世界对约伯而言可能缺乏逻辑性，但是这不表示世界本身缺乏逻辑。我们不能用自己的人生去衡量一切，而应该通过壮阔的景致提醒我们人类的渺小和脆弱。

这里当然有非常清楚的宗教讯息。上帝向约伯保证，即使他不是所有事件的焦点人物，甚至命运多舛，上帝还是会把他放在心上。当神圣的智慧远离人们的理解力时，正直的人因为看到壮阔的自然景象而体会到自己的有限性，也就必须继续相信上帝为宇宙作出的安排。

8.

尽管约伯的疑问得到了宗教层面的解答，然而从其世俗的层面来看，也可以找到答案。壮阔景观的雄伟和力量有其象征意义。那就是：让我们无怨无悔地接受那些无法跨越的障碍，以及无法理解的事件。正如《旧约全书》中的上帝所知的那样，我们可以参照自然界中远超人类体积的景物，如高山、地球上的森林以及沙漠，用以对比人类的脆弱，进而使人坚强。

如果这个世界不公平，或让人无法理解，那么壮阔的景致会提示我们，世间本来就是如此，没有什么好大惊小怪的。宇宙的力量可以移山倒海，而人类不过是小小的玩偶。从壮阔的山河中去了悟自身的局限是十分有效的，否则我们就有可能在日常生活的流变中感到焦虑和愤怒。不只是自然违抗我们，就连生活本身也是不堪忍受的重压。然而，自然界中广阔的空间却最充满善意和敬意地提示了我们所有超越我们的事物。如果我们用更长的时间与它们相伴，它们会帮助我们心服口服地接受那些无法理解而又令人苦恼的事情，并接受我们最终将化为尘土这一事实。

艺 术
ART

VII 令人眼界大开的艺术
On Eye-opening Art

地点	普罗旺斯
向导	凡·高

1.

　　一个夏天，我应邀和朋友一起在普罗旺斯的一座农舍里度过了几天时间。我知道"普罗旺斯"这个词能让许多人产生无限遐想，然而它对于我而言并不意味着什么。我倾向于通过这样一种感觉，即那个地方与我并不相投，来打消自己对这个词的联想。没错，在一些聪明人眼里，普罗旺斯美若仙境——"啊，普罗旺斯！"他们会怀着崇敬之情作如此感叹，一如他们正在观看歌剧或是欣赏代尔夫特[1]陶艺品。

　　飞抵马赛机场后，我租了一辆小小的雷诺汽车，前往主人的住所。他们的房子建在阿尔卑斯山脚下，处于两个小镇阿尔勒和圣雷米之间。出了马赛机场，我竟走错了路，车子一直开到了滨海福斯的炼油厂。它那纠结在一块儿的管道和冷却塔诉说着这种液体生产的复杂性，我习惯于将这种液体注入我的汽车却从不思考它的来处。

　　我终于找到了自己的路，返回到 N568 公路，穿过拉克罗生长着小麦的大片原野，我进入法国内陆。由于时间还早，在圣马丁-德克罗的村庄外面，离我的目的地几公里的地方，我在路边停下，关掉了发动机，停在一片橄榄林的一端。除了隐藏在树中蝉

　　1　Delft，荷兰西部城市，16、17 世纪为著名的荷兰白釉蓝彩陶器贸易中心。——译者

的鸣叫之外，周围都很安静。在橄榄林的后面是一大片麦田，以一排柏树作为分界线。那些柏树的顶部依稀可见阿尔卑斯山脉不规则的山脊。天空湛蓝一片。

我浏览着这片景象。我并不在寻找某些特定的东西：猎物，度假小屋或是回忆。我的动机很单纯，快乐就是我的出发点，我在寻找美的踪迹。我希望普罗旺斯的橄榄树、柏树和天空能够"带给我喜悦，让我生机勃勃"。这是一个伟大而松散的计划。此刻眼睛自由自在，却反倒有些迷惘。眼睛在完成了当日的搜索任务——如寻找租车处，离开马赛的公路出口——之后，开始无拘无束地在景物中穿梭。如果把眼睛经过的路线用一支巨大的铅笔描绘出来，那么天空就将立即被躁动而随意的线条涂满了。

尽管风景并不难看，但在一段时间的仔细观察之后，我却找不到传言中充满魅力的景致。橄榄树看上去很矮小，与其说是树，倒不如说是灌木；而麦田则让我想起了平坦却枯燥的英格兰东南部地区，我曾在那里的一所学校里读书，而且过得并不快乐。我有些疲惫，无力再去注意这里的谷仓、山上的石灰岩或是生长在一群柏树下的罂粟。

雷诺汽车的车厢里持续上升的温度让我觉得乏味而且极不舒适，我开始出发驶向目的地。见了朋友，我向他们问候，口是心非地称道此地真是人间天堂。

在接触一地风景时，我们的感觉会迅速涌出，就如发现雪是冰的而糖是甜的一样，因此很难想象风景对我们的吸引力可以改变或者增强。似乎对一个地方的感觉已经被这些地方内在的气质或是我们心中根深蒂固的思维模式所决定。因此，当我们力图改变对于这些美丽风景的感觉时，会觉得很无助，就好像力图改变自己对已经觉得味美的冰激凌的感觉一样。

　　但是审美品位不会像上面作的类比那么刻板。我们忽略了一些地方，是因为从来没有什么事物促使我们发现其欣赏价值，或者是因为一种不幸却随意的联想使我们有负面的判断。我们和橄榄树的关系，在我们被引导向它那树叶上的银色光芒或是其枝干的形态的过程中得到了提升。当我们看到一株株结实饱满的麦穗在风中倾下头颅时，我们不禁会对这种脆弱而又必不可少的作物产生了悲悯之情，一些新的联想就此产生。一旦我们被告知，即使从最原始的角度来看，普罗旺斯天空的主宰仍是蓝色，我们就能在天空中找到一些值得欣赏的东西。

　　或许视觉艺术最能提升我们欣赏风景的能力。我们可以把许多艺术作品想象为有着无限微妙含义的工具，它们将教会我们如何欣赏："注视着普罗旺斯的天空，更新你对麦子的认识，不要小看了橄榄树。"在成千上万个事物中，以一片麦地为例子，一幅成功的作品将描绘出这麦田的特色，并且使美感和兴趣从观众心中升起。视觉艺术将使平常湮没在众多素材中的要素凸显出来，同时使其稳定下来，一旦我们熟悉了这些要素，视觉艺术就会在不知不觉中推动我们在周遭的世界中发现这些要素；如果我们已经发现它们了，它将使我们更有信心，让这些要素在生命中发酵。

我们就像这样一个人，有一个词语在他耳边已经被提及多次，但是只有他体会到这个词语的含义时，他才开始倾听到它。

我们探寻美的旅程也是这样；我们想要从哪里开始艺术之旅，艺术作品就从哪里开始潜移默化地影响我们。

2.

文森特·凡·高[1]在1888年的2月底来到普罗旺斯。那年他35岁，他决定献身于绘画不过是8年前的事。在这之前，他尝试过做一名教师，继而是一名牧师，但都不太成功。来普罗旺斯之前的2年时间，他和他的弟弟提奥居住在巴黎。提奥是一名经营艺术品的商人，并在经济上资助凡·高。凡·高几乎没有接受过什么艺术训练，但是那时他和保罗·高更[2]、土鲁斯-劳特累克[3]已经成了朋友，并且他的作品和他们的作品一同在克利希大街的唐布兰咖啡馆展出。

凡·高回忆他坐了16个小时的火车来普罗旺斯的感觉："我依然清晰地记得那年冬天当我从巴黎到阿尔勒旅行时有多么兴奋。"阿尔勒是普罗旺斯地区最繁华的小镇，也是橄榄油贸易和

1 Gogh, Vicent van（1853—1890），荷兰最伟大的画家之一。——译者
2 Gauguin, Paul（1848—1903），法国后期印象派画家。——译者
3 Toulouse-Lautrec, Henri de（1864—1901），法国画家，对19世纪末20世纪初的法国艺术发挥了巨大影响。——译者

198.

铁路工程的中心。凡·高到了之后，带着他的背包行走在雪地里（那天很不寻常，积雪厚达 10 英寸），前往距离小镇北面的防御墙不远的卡雷旅馆。尽管天气寒冷，房间很小，凡·高依然因为他的此次南行而兴高采烈，他告诉他妹妹说："我相信在这里的生活有很多地方会让人满意些。"

　　凡·高在阿尔勒一直待到了 1889 年的 5 月。在 15 个月的时间里，他创作出了大约 200 幅油画，100 幅素描，还写了 200 封信——这大概称得上他最多产的时期了。来到阿尔勒后最早的作品展示了覆盖在雪下的阿尔勒镇，天空是清澈的蓝，大地呈现冰冻的桃红。凡·高到达小镇的 5 个星期后，春天来了。他画了 14 幅油画来展示阿尔勒小镇外原野里郁郁葱葱的树木。5 月初，他画了阿尔勒-伯克运河上的朗格卢瓦吊桥，该桥位于阿尔勒镇的南面。5 月底，他创作了一些风景画，主题是向着阿尔卑斯山脉的拉克罗平原和蒙特梅杰荒废的修道院。凡·高也曾试着从反方向来描绘这个景色，也就是登上修道院旁的斜坡，俯瞰阿尔勒。6 月中旬，他的注意力已经转向了一个新的对象：丰收的景象，在短短 2 周内他就完成了 10 幅油画。他以惊人的速度工作着，就像他所说的："快点，快点，快点，再快点，就好像一个收割者，在炽热的阳光下沉默着，全部的注意力只在于他的收获。""我甚至中午都在工作，在耀眼的阳光下，就像一只蝉一样享受中午时光。我的上帝，如果我在 25 岁的时候就知道这个小镇，而不是 35 岁才来到这里，那该多好！"

后来，在向弟弟解释自己为什么要从巴黎搬到阿尔勒的原因时，凡·高说了两点原因：因为他想"画南方"，因为他想通过自己的作品使别人"看到"南方。虽然他不确定自己是否有这种力量，但他从未动摇过他这个在理论上可以实现的信念——也就是说，艺术家能够画出世界的一部分，并且最终使其他人的眼界因之而大开。

凡·高之所以坚信艺术具有如此令人大开眼界的力量，那是因为，他经常是作为一名观众来感受这种力量。从他的祖国荷兰移居法国以来，凡·高发现文学也有这种特别的力量。他读过巴尔扎克、福楼拜、左拉和莫泊桑的作品，并且非常感谢他们为他打开眼界去了解法国社会和民众心理的动态。《包法利夫人》向他展现了当地中产阶级的生活，《高老头》让他了解身处巴黎、身无分文却雄心勃勃的学生们——他在身处的社会里大体辨认出了从这些作品中读到的角色。

绘画作品也以相似的方式打开了凡·高的视野。凡·高不住地赞扬其他画家，说自己透过他们的作品看到了某些颜色和氛围。比如，贝拉斯克斯[1]让他认识了灰色的世界。贝拉斯克斯的多幅油画是以简朴的伊比利亚家居为题材。在那里，墙是由砖块或是一种颜色阴暗的灰泥砌成的。到中午的时候，百叶窗被放下来，用于阻止热气进入屋内，这个时候主导的色彩就是幽暗的灰色；有

1　Velázquez, Diego（1599—1660），西班牙画家，画风写实。——译者

时百叶窗并没有完全关紧，或是有一部分脱落，会射进明亮的黄色光线。这种效果并非由贝拉斯克斯发明，在他之前就有许多人见过这样的情景，但是几乎没有人有这种力量或是天赋，去捕捉这些效果，并将它们转化为可以与人交流的体验。就好像一个发现新大陆的探险者，贝拉斯克斯已经（至少对于凡·高来说）用他的名字命名了这场在光的世界里的探索。

凡·高在阿尔勒镇中心的许多小饭店里吃过饭。这些小饭店的墙通常是阴暗的，百叶窗紧闭，而屋外却是阳光灿烂。有一次午餐时间，他写信给他弟弟，说他偶然发现某些完全"贝拉斯克斯式"的东西："我所在的这间饭馆非常奇怪。它全部是灰色的……一种'贝拉斯克斯式'的灰色——就像在《纺织女》中的一样，甚至连贝拉斯克斯的画作中那一条条从百叶窗缝隙透入的细细的亮光都不缺……在厨房里，有一个老女人和一个又矮又胖的仆人，他们的穿着也是灰、黑、白三色……这是纯粹的贝拉斯克斯式。"

对于凡·高来说，衡量每一个杰出画家的标志就是他们是否能够让我们更加清楚地看到世界的某些部分。如果说贝拉斯克斯让凡·高了解了灰色和大厨师们粗糙的脸，那么，莫奈就是落日的导览人，伦勃朗让他了解了晨光，弗美尔[1]则让他了解了阿尔勒的少女。（他在阿尔勒附近看到了一个少女之后，写信告诉他弟弟

1　Vermeer, Jan（1632—1675），荷兰风俗画家，亦作肖像及风景画。——译者

说："她简直就是弗美尔的画中人。"）一阵大雨过后，罗讷的天空
让他联想到了葛饰北斋[1]，而米勒[2]的麦子和海上圣马利亚[3]的年轻女
子让他联想起契马布埃[4]和乔托[5]。

3.

然而，幸好，凡·高在艺术上有着勃勃雄心，他不相信先前
的艺术家已经捕捉到了法国南部的所有风光。在他看来，许多艺
术家的作品遗漏了事物的精华。"贤明的主啊，我已经看过一些画
家的作品，他们根本没有真正画出这些事物，"他欢呼道，"在这
里我还有充足的发挥空间。"

举个例子，没有人曾经捕捉过阿尔勒镇上中年中产阶级妇女
独特的形象。"这里有一些妇女像弗拉戈纳尔[6]或是雷诺阿[7]画中的

1　Katshshika Hokusai（1760—1849），日本画家，对 19 世纪后期西方艺
术影响很大。——译者
2　Millet（1814—1875），法国以农民题材著称的画家，他的代表画作有
《播种者》、《拾穗者》和《晚钟》。
3　Saintes-Maries de la Mer，法国罗讷河口省一区府，著名朝圣地。——
译者
4　Cimabue（1251—1302），佛罗伦萨画家和装饰艺术家。——译者
5　Giotto（1267—1337），14 世纪意大利画家，被尊为意大利第一位艺术
大师。——译者
6　Fragonard, Jean-Honore（1732—1806），法国画家。——译者
7　Renoir, Pierre-Auguste（1841—1919），法国印象画派的先驱。——译者

人物。但是，这里还有一些女人是此前在绘画中从未被赋予某种标记的。"他还发现自己在阿尔勒镇外看到的在田间劳作的农夫也被艺术家忽略了："米勒重新唤起了我们的思考，使我们能够看到大自然中的居民。但是，直到现在仍然没有人画出真正的法国南方人。""我们现在已经基本知道如何去看待农夫了吗？不，几乎没有人知道如何将他们表现出来。"

在凡·高于 1888 年踏上普罗旺斯之前，百年来一直有画家把这个地方的景色搬上画布。普罗旺斯比较知名的艺术家有弗拉戈纳尔、康斯坦丁、毕道尔和艾吉耶[1]。他们全部都是现实主义画家，他们都信奉一个经典的，而且较少引起争议的观点，即他们的任务就是在画布上展现一个视觉世界的精确版本。他们走进普罗旺斯的田野、山川，画出了栩栩如生的柏树、林子、青草、麦子、云朵和公牛。

然而凡·高却坚持认为，他们中的大部分并没有画出这些景物的神髓，对普罗旺斯的描绘不够真切。我们倾向于将那些充分表达出周遭世界核心要素的图画称为现实主义的作品。但是世界是如此复杂，并足以使两幅描绘同一个地方的现实主义作品因艺术家风格和气质的不同，而呈现出完全不同的景象。两个现实主义画家有可能坐在同一片橄榄林的一端，创作出迥异的素描。每一幅现实主义作品都代表一种选择，画家从真实世界中选取他认

1　Constantin（1756—1844）、Bidauld（1758—1846）、Aiguier（1814—1865），都是新古典写实主义画家。——译者

为突出的特质来表现；没有一幅绘画作品可以捕捉整个世界，就好像尼采略带嘲讽地指出的那样：

现实主义画家

"完全忠实于自然"——天大的谎言：

自然怎么会被局限于一幅画中？

自然最小的部分已是无穷！

因此他只是画出了他喜欢的。

那么什么是他喜欢的？他喜欢他所能画出的！

如果我们喜欢某个画家的作品，那可能是因为，我们认为他或她选择了我们认为对于一片景色来说最有价值的特征。有些选择是如此敏锐，以至于它们逐渐成了一个地方的定义，只要我们到那个地方去旅行，就必然会想起某位伟大艺术家所描绘的特征。

换言之，比如，如果我们抱怨画家为我们画的肖像不像我们本人，我们并不是在指责这个画家欺骗了我们。只是我们觉得，或许这件艺术作品创作的选择过程出了差错，那些我们认为应该属于精华部分的地方没有被给予足够的重视。拙劣的艺术可以被定义为一连串错误选择的后果，该表现的没有表现出来，该省略的却又呈现出来。

凡·高对绝大多数在他之前已经描绘过法国南部的画家进行了抱怨，认为他们没有把最本质的东西表现出来。

4.

在客房里有一本大部头的关于凡·高的书。到这里的第一个晚上我无法入睡，因此读了其中的几章，我贪婪地阅读着，直到粉色的黎明映现在窗户的角落，才让书页翻开着而沉沉睡去。

我醒得很晚，醒来时发现主人们已经前往圣雷米了，他们留下一张字条告诉我他们会在午饭时间回来。早餐放在台阶上的一张金属桌上，我以极快的速度，接连吃了 3 个巧克力面包。我感到很不好意思，吃的时候一直在留意着管家，担心她会把我狼吞虎咽的情形告诉给她的主人。

这天天气晴朗，干燥而寒冷的西北风吹乱了邻近田地里的麦穗。昨天我也坐在这个位置，可是直到现在我才注意到在花园的尽头有两棵高大的柏树——这一发现与晚上我所读到的凡·高关于柏树的描述不无关系。从 1888 年至 1889 年，凡·高创作了一系列关于柏树的素描。"它们一直占据着我的思想，"他对他的弟弟说，"令我惊讶的是，它们仍没有像我所看到的那样被描绘过。柏树的线条和比例就像埃及的方尖塔一样美。它的绿色有一种如此独特的气质。这种绿是在一片充满阳光的风景上泼洒上的黑色，像是最有趣，也最难弹奏正确的黑色音符。"

关于柏树，有哪些是凡·高注意到了，却为其他画家所忽略了的呢？有一部分，是柏树在风中摆动的一些姿态。由于凡·高的作品，特别是 1889 年画的《柏树》和《麦田与柏树》这两幅画，我走到花园尽头，仔细研究那两棵柏树在北风中特别的姿态。

柏树独特的摆动背后有着建筑学上的考量。与松树不同，松树的枝叶是从它的顶部向下缓慢地下垂，柏树的枝叶则是从地面往上蹿升。树干异常的短，而最顶部的1/3处全是由枝条组成的。在风中，橡树的枝条摇摆不定而主干屹立不动，但是柏树则整棵树都摇来摇去，而且由于柏树的枝叶是沿着树干周围的许多点生长出来的，柏树在风中就好像是绕着不同的轴弯曲。从远处看，由于摆动的幅度不一致，柏树看上去像是同时被几股来自不同方向的风吹得摇摆不定。它那类似圆锥的外形（柏树的直径很少有超过1米的），使它呈现出一种类似火焰的形态，似乎在风中紧张不安地摇曳。这一切是凡·高注意到并希望其他人看到的。

凡·高在普罗旺斯待了几年以后，奥斯卡·王尔德评论说，在惠斯勒[1]画出伦敦的雾之前，伦敦并没有雾。在凡·高画出普罗旺斯的柏树以前，普罗旺斯的柏树一定也少得多。

橄榄树在过去也很少引人注意。昨天，我还对一株矮小的橄榄不屑一顾，但是凡·高1889年的作品《橄榄树、黄色的天空和太阳》及《橄榄林：橘红的天空》使橄榄树成了主角，展现了它们的树干和树叶的形态。我现在才发现我原来没注意到这种种的棱角：一棵棵橄榄树就好像三叉戟，被一股巨大的力量投掷进

---

1 Whistler, James Mcneill（1834—1903），美国出生的画家，长期侨居英国。——译者

206.

凡·高：《柏树》，1889 年

凡·高:《麦田与柏树》，1889 年

土壤中。橄榄树的枝叶看起来也力道十足，仿佛它们是弯曲着的臂膀，随时准备出击。很多树的叶子看起来软趴趴的，像是摆久了的莴苣叶子，但橄榄树的叶片结实，银亮，看起来神采奕奕、精力旺盛。

跟随着凡·高，我也开始注意到普罗旺斯在色彩上一些不同寻常的地方。这和这里的气候有关。从阿尔卑斯山顺着罗讷山谷吹来的干燥寒冷的北风，有规律地吹净天空中的云朵和水汽，在天空中留下一片纯净饱满而没有一丝白色的蓝。同时，地中海型气候和高水位以及良好的灌溉，使植物格外地繁茂。这里没有缺水之虞，植物可以自由自在地生长，尽量利用南方的光和热。并且，很幸运的是，空气中没有湿气，因此，不像热带的气候多雾潮湿，树木，花朵和植物的颜色因而格外鲜明。无云的天空、干燥的空气和水分充足且鲜艳的植物，这些因素相结合使普罗旺斯充满明艳、生动的对比色。

凡·高之前的画家常常忽视这些相互形成对比的色彩，而只是将它们画作补充的色彩，就像克劳德和普桑传授的技法。比如康斯坦丁和毕道尔描绘的普罗旺斯，完全在柔和的蓝色与棕色中细微地变化。凡·高因大家忽略了普罗旺斯的自然色彩而愤愤不平："大多数的画家对色彩的研究不深……没有看到南方的黄色、橙色、硫磺色，并且如果有一个画家用眼看到了他们没有看到的色彩，他们就说这个画家疯了。"因此，凡·高摒弃了传统的明暗对比法的技巧，大胆用原色在画布上挥洒，将颜色的对比表现得淋漓尽致：红与绿，黄与紫，蓝与橙。"这里的色彩非常精美，"他告诉他的妹妹，"叶子新鲜时是一种丰润的绿，是那种我们在北方很少看到的绿。当它枯萎时，蒙上了灰尘，它仍没有失去它的美，因为那个时候整片景色已经染上了各种色调的金色，绿色的金，黄色的金，粉色的金……这种金色色调与蓝色相结合，有水的宝蓝，勿忘我的靛蓝，特别是亮丽明艳的钻蓝。"

我的眼开始习惯于从（凡·高）帆布画布上的主色去看这个世界。目光所及的每一个地方，我都能够看到最主要的色彩之间的对比。在房子旁边有一片紫色的薰衣草与黄色的麦田毗邻。房子的屋顶是橙色的，与纯净蓝色的天空相映。绿色的草地上点缀着红色的罂粟花，草地的四周则是夹竹桃。

这里，不是只有白天才色彩缤纷。凡·高也为夜空上了色。以前，普罗旺斯的画家所描绘的夜空总是一片黑上点缀着些许小白点。然而，当我们在一个明朗的夜晚，远离亮着灯的房屋和街灯，坐在普罗旺斯的天空下，我们会注意到天空实际上包含着丰富的色彩：在星星之间，似乎有一种深蓝、紫色或是暗绿，而星星本身却呈现出一种苍白的黄色、橙色或绿色，放射出的光环远远超过了它们自己狭窄的周边。就像凡·高向他妹妹解释的："夜晚甚至比白天更加色彩斑斓……只有你注意着它，你才会看到有些星星是淡黄色的，其他的星星有一种粉红色的光芒，或者泛着绿色、蓝色和勿忘我的光辉。不用说，只在蓝黑背景上放置白色的小点，显然是不够的。"

210.

凡·高：《橄榄园》，1889 年

5.

阿尔勒镇的旅游服务处位于小镇西南一条不起眼的混凝土街区里。游客可以在此拿到免费的地图，查询饭店、文化节、孩童看护、品酒、泛舟、历史遗迹和市场等资讯。但此处有一点特别突出，在大厅门口一张向日葵簇拥下的海报上写着："欢迎来到凡·高的领地，而大厅的墙上则被饰以丰收的场景、橄榄树和果园。"

旅游服务处特别向游客们推荐被称作"凡·高的足迹"的项目。凡·高1890年去世，在他逝世100年的纪念日，凡·高在普罗旺斯待过的地方都能看到一系列的饰板——这些饰板被安装在金属板或是石板上——放置在那些凡·高曾经画过的地方用以表达对凡·高的敬意。饰板上贴着凡·高画作的复制品，并加上了几行解说词。不光是在城里，麦田或橄榄园里也能看得到这样的饰板，甚至在圣雷米也有。他在割耳事件发生后不久便被送入此地的疗养院，他在普罗旺斯的日子就在这里告终。

我说服了我的主人们，打算花费一个下午的时间追寻凡·高的足迹，于是我们来到旅游服务处领取地图。很偶然的，我们得知有一个一周一次由导游带领的游览项目，游客们在院子里整装待发，而名额未满，价格也还合适。我们和好些热爱凡·高者一同报名参加了这项活动。导游名叫索菲娅，是巴黎索邦神学院的一名学生，正在撰写一篇有关凡·高的论文。在她的带领下，我们到了此行的第一站：拉马丁广场。

1888 年 5 月初，因为觉得自己住的旅馆太贵，凡·高租下了位于拉马丁广场 2 号的一座建筑物的一侧，这就是著名的"黄色小屋"。这座"黄色小屋"的外墙被他的主人漆成了明亮的黄色，而屋内却没有。凡·高对于房屋内部的设计产生了极大的兴趣。他想让它显得单纯而朴素，具有南方的色彩：红色、绿色、蓝色、橙色、硫磺色和淡紫色。"我想让它真正成为'一间艺术家之屋'——没有什么昂贵的东西，但是从椅子到图画，每一样东西都有特色，"他这样告诉他的弟弟，"至于床，我已经买了乡间常用的床，不是铁床，而是大的双人床。它的外表给人坚固、耐久且恬静的印象。"重新装饰完成之后，他得意地写信给他的妹妹："我在这里的房子，外面漆成鲜黄油般的黄色，搭配着耀眼的绿色百叶窗，房子在一个广场中，沐浴在灿烂的阳光下，这房子有一个绿色的花园，里面种了梧桐、夹竹桃和洋槐。房子里面的墙完全被刷成白色，地板由红色的砖块铺就。在房子的上空就是耀眼的蓝天。在这间房子里，我可以生活、呼吸、沉思和作画。"

令人遗憾的是，索非娅并没有什么可以展示给我们，因为"黄色小屋"已毁于二战，取而代之的是一座青年旅馆，并且由于旁边是一座巨大的"均价"商店（法国的一种专售廉价商品的连锁店），而显得更加矮小。因此我们驱车前往圣雷米，在凡·高曾经住过和在那进行绘画活动的疗养院周围的田地里待了 1 个多小时。索非娅随身携带了一本巨大的塑料封面的书，里面有

凡·高:《阿尔勒的黄色小屋》, 1888 年

凡·高在普罗旺斯期间主要的绘画作品，她经常在凡·高曾经到过的地方将它举起来，让我们围在身边凝视。当她背对着阿尔卑斯山，举起《以阿尔卑斯山为背景的橄榄树》（1889 年 6 月）时，大家纷纷赞叹这片景色和凡·高的作品。但是，在团队中偶尔也能听到异议：在我身旁，一个戴着大帽子的澳大利亚人对他的同伴——一个头发蓬乱的娇小女人——说："嗯，它看上去并不很像这片景色。"

　　凡·高的确担心这样的批评。他写信给他的妹妹说，许多人说过，他的作品看上去太怪异，还有一些人甚至认为他的作品一无是处，令人厌恶至极，其原因不难发觉。在他的画中，房子的墙并非总是直的，太阳并非总是黄色的，甚至草也并非总是绿色的，他画的树摆动得有些夸张。"我的确对色彩的真实情况做了某种改变，"他承认，并同时也对比例、线条、阴影和色调作了类似的改变。

　　然而，改变真实情况对于凡·高而言，仅仅是将那个所有的艺术家都会被卷入其中的过程表达得更加清楚，也即，选择将现实中的哪些方面包含在画中，哪些方面排除出去。正如尼采所了解的，现实本身是无穷的，也永远无法全部被表现于艺术之中。在普罗旺斯的画家当中，凡·高之所以独树一帜，是因为他选择自己感觉最重要的东西来表达。而像康斯坦丁这样的画家，花费了巨大的努力画起来则中规中矩，努力追求正确的尺寸。凡·高虽然对于创造一种"相似性"很感兴趣，但是却并不担心尺寸的问题，只在意画出他认为最能表现南方特色的地方；他告诉他弟

216.

弟，他追求的"像"不同于虔诚的摄影师所追求的逼真。他所关注现实中的那一部分，有的时候需要加以扭曲、省略或者更换颜色，方能在画面上表现出来，但是依然使他感兴趣的是真实——"相似性"。他愿意牺牲一种幼稚的现实主义来成就一种更加深刻的现实主义，就像一个诗人，在描述一件事件时虽然比不上一名记者来得真实，但是却可能揭示出在记者严谨的文字框架内无法找到的事件的真相。

1888年9月，凡·高写了封信给他的弟弟，谈到他计划要画的一幅肖像画："与其尝试着去精确再现展示在我面前的图景，我更加倾向于随心所欲地运用色彩，为的是有力地表达我自己……我将给你一个例子来说明我的想法。我打算画一个艺术家朋友的肖像，他是一个怀有伟大梦想的人，天生就热爱自己的工作（这就是他在1888年9月初画的《诗人》）。在我的画中，他将会是一个金发碧眼的人。我想将我对他的欣赏，我对他的爱，放进这幅画中。因此，开始时我尽可能忠实地把他画出来。但是这幅画仍然没有完成。为了完成这幅画，我的用色将非常专断、大胆。我对他亮丽的头发进行了夸张，我甚至调出了橙色调、铬黄色和苍白的淡黄色。他背后那道普普通通的墙，我则用我能想出的最饱满、最强烈的蓝色作为背景，通过这种明亮的头部与饱满的蓝色背景的简单结合，我获得了一种神秘的效果，好像一颗星星在一片天蓝色夜空的深处……哦，我亲爱的弟弟……那些中规中矩的人们只会将这种夸张看作一幅漫画。"

普罗旺斯圣雷米的凡·高之路

220.

　　几周以后，凡·高开始另一幅"漫画"。"今晚我想开始画一间咖啡馆。它晚上点着煤气灯，是我吃晚餐的地方，"他告诉他弟弟，"这种地方叫作'夜间咖啡馆'（它们在这里相当普通），整夜都开着。夜晚四处游荡的人们，如果没有钱支付一间寓所或者醉得无法被抬进寓所，可以在这里寄宿。"在创作《阿尔勒镇的夜间咖啡馆》这幅作品时，凡·高为了表现现实的其他内容而不再拘泥于"现实"的某些要素。他并没有再现景观本身或是咖啡馆的色彩，咖啡馆的灯泡变形为发光的蘑菇，椅子的背弯成弓形，地板翘了起来。然而他依然感兴趣于表达他对这个地方的真实想法，而如果他必须遵循艺术的那些经典规则，恐怕无法像这样将他的这些想法表现出来。

6.

　　那个澳大利亚人的抱怨在团队中是少见的。我们中的大多数人听完索非娅的解说后，都怀着一种重新建立起来的敬意——对于凡·高和他画过的那片风景的敬意。但是我突然想起帕斯卡一句尖刻的名言，早在凡·高到法国南部的几百年前，他就说出这样的话了：

　　绘画是多么地虚荣，它使我们不去赞美事物本身，而兴奋地赞美绘画所体现出来的与事物的相似性。

　　　　　　　　　　　　　　　　　　　　　——《思想录》

令人尴尬的是，在我还没发现凡·高对普罗旺斯的描绘前，我并不那么欣赏普罗旺斯这个地方。但是，在意欲嘲讽艺术爱好者的同时，帕斯卡的箴言却有可能忽略了重要的两点。如果我们设想所有画家所做的就是精确地再现他们眼前的图景，而我们赞叹这样一幅绘画作品，一幅描绘了一个我们知道却并不喜欢的地方，这听起来荒谬而虚伪。如果这些画家是精确地再现他们眼前的图景，那么在一幅画中我们将要赞叹的对象便只是画家的技巧和他本人的声名了。这样说来，或许帕斯卡说的绘画无用论的确没错。但是，如同尼采所言，画家并不单纯地再现，他们有所选择，有所强调，同时他们还致力于表现他们眼中的真实，因而值得让人真心喝彩。

　　而且，即便我们所赞美的关于一个地方的图画不在眼前，我们也不必像帕斯卡暗示的那样，恢复我们对这个地方的漠然。欣赏的能力可以从艺术转向（现实）世界。我们会发现许多事物，最初画布上的图景让我们感到愉悦，而后我们在画作所描绘的那个地方喜欢上它们。就像看了凡·高画的柏树之后，我们更知道如何欣赏柏树。

7.

　　普罗旺斯并不是唯一因为艺术作品而让我开始欣赏继而想去游历的地方。因为看了文·温德斯[1]的《城里的爱丽丝》，我造访

---

[1] Wenders, Wim（1945— ），德国著名导演。——译者

了德国的工业区。安德烈亚斯·古尔斯基拍摄的照片教我欣赏高速公路桥下方的区域。由于帕特里克·谢勒的纪录片《现代鲁滨孙漂流记》，我围着英格兰南部的工厂、购物中心和商业园区度过了一个假期。

　　一个地方经过伟大画家的描绘，往往会变得更为动人。阿尔勒的旅游服务处不过是利用艺术与旅行欲望的长期关系，翻开旅行史来看，这样的例子曾在不同国家出现（透过不同的艺术媒介），最显著最早的例子就是 18 世纪下半叶的英国。

　　历史学家们认为在 18 世纪之前，英格兰、苏格兰和威尔士乡村的大部分地区并没有吸引人们的目光。那些后来被认为是自然地、无可争辩地美丽的地方——瓦伊河谷，苏格兰高地，湖区——几个世纪以来一直无人闻问，甚至遭人蔑视。丹尼尔·笛福[1]于 18 世纪 20 年代游览了湖区，他对此地的描绘是"贫瘠、可怕"。在《苏格兰西部小岛之旅》中，约翰逊博士[2]写道，高地是"崎岖的"，令人遗憾地缺乏"植物的装饰"，一眼望去尽是绝望的贫瘠。在格伦希尔时，鲍斯韦[3]尔为了激起约翰逊的兴致，指着一座山，说那山看起来很高，哪知约翰逊不耐烦地说：哪门子的高，

1　Defoe, Daniel（1660—1731），英国小说家，《鲁滨孙漂流记》的作者。——译者

2　Johnson, Samuel（1709—1784），英国作家、评论家。——译者

3　Boswell, James（1740—1795），苏格兰作家，约翰逊好友，曾为他创作《约翰逊传》。——译者

不过是一个大土丘罢了。

　　那时有钱人都喜欢到国外旅行。意大利是最受欢迎的目的地，尤其是罗马、那不勒斯及周边的乡村。这些地点常常出现在英国贵族欣赏的艺术作品中，如维吉尔[1]和贺拉斯[2]的诗集，普桑和克劳德的绘画作品。（其中的）绘画作品描绘了罗马的乡间风景和具有那不勒斯特色的海岸线。画作通常表现的是黎明或是薄暮，天空中是一些轻柔的云朵，云边是粉色和金色的。有人想象那天将会，或者已经是，非常炎热的一天。天空中似乎很安静，只有潺潺的溪水和划桨声划破寂静。几个牧羊女在原野上嬉戏，看管羊儿或照顾金发的小孩。在雨中的英国乡间房屋里看到这样的画面，许多人会期盼自己能尽可能早地找到机会，渡过英吉利海峡，到意大利一游。如同约瑟夫·艾迪生[3]在1912年所言："我们发现自然的作品越相似于艺术作品，就越令人愉悦。"

　　不幸的是，那时英国的风景很少可以从艺术作品中看到。然而，在18世纪，这种作品慢慢多了起来，与此相应，英国人不愿游历他们自己本岛的情形也开始改观。1727年，诗人詹姆斯·汤姆森[4]出版了《四季》，颂赞了英格兰南部的农村生活和风景。他

1　Virgil（前70—前19），古罗马伟大的诗人。——译者

2　Horace（前65—前8），奥古斯都皇帝时期杰出的抒情诗人和讽刺作家。——译者

3　Addison, Joseph（1672—1719），英国散文作家、剧作家、诗人。——译者

4　Thomson, James（1700—1748），英国诗人。——译者

的成功给其他的"农夫诗人"的作品带来了显赫的名声，这些人中包括史蒂芬·达克、罗伯特·彭斯和约翰·克拉尔 [1]。画家们也开始注意他们自己的国家。肖本爵士委托托马斯·庚斯博罗 [2] 和乔治·巴雷特为他在威尔特郡的房子画一系列的风景画，并宣称他的目的是"为英国风景画派奠定基础"。理查德·威尔森 [3] 画了特威克纳姆附近的泰晤士河，托马斯·赫恩 [4] 画了古德里克城堡，菲利普·詹姆斯·德·罗德保描绘了廷特恩修道院，托马斯·史密斯 [5] 画笔下则是德文特湖和温德米尔的风光。

结果，没多久英伦诸岛便成了热门的旅游地。瓦伊河谷第一次人满为患，北威尔士的群山、湖区及苏格兰高地也是如此。这是一个近乎完美的注脚，证明了这样一个论点：只有那些世界的角落已经被艺术家们描画或描写之后，我们才会有兴趣去探索它们。

这个理论当然有点夸张，就像认为在惠斯勒之前没有人注意到伦敦的雾或者在凡·高之前没有人注意到普罗旺斯的柏树一

1　Sephen Duck（1705—1756），知名英格兰"农夫诗人"；Robert Burns（1759—1796），苏格兰诗人，主要用苏格兰方言写诗；John Clare（1793—1864），英国著名的"农夫诗人"。——译者

2　Gainsborough, Thomas（1727—1788），英格兰肖像画和风景画画家。——译者

3　Wilson, Richard（1714—1782），英格兰肖像画和风景画画家。——译者

4　Hearne, Thomas（1744—1817），英国画家。——译者

5　Smith, Thomas（1766—1833），英国画家。——译者

凡·高:《阿尔勒附近的麦田》，1888 年

样。艺术不可能完全凭借自身力量创造热情，也不可能是从凡人所缺乏的情感中产生，它只是推波助澜，诱发出更深刻的感受，使我们不致因匆忙和随意而变得麻木。

　　明年去哪里旅行才好？艺术可能对挑选地点颇有影响力，阿尔勒旅游服务处似乎已经体会到了这一点。

VIII 对美的拥有
On Possessing Beauty

英格兰湖区

				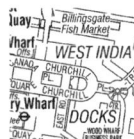
地点	马德里	阿姆斯特丹	巴巴多斯	伦敦船坞区

向导	罗斯金

1.

很多地方，我们去过了，但却只是走马观花，或者不以为意；然而，它们之中，偶尔也会有几个地方非常特别，给我们强烈的震撼，迫着我们去注意它们。这些地方共有着一种特质，可以用"美"这个笼统的字来概括。这种品质并不见得是指漂亮，也不意味着它包含任何旅游手册所描绘的美丽景点的特征。求助于语言或许是另一种表达我们对一个地方的喜爱的方式。

在我的旅途中有许多美丽的东西。在马德里，距离我所住的旅馆几个街区的地方，有一块荒废的空地，周边是公寓式的建筑物和一个大型的带有洗车间的橙色加油站。一天晚上，在黑暗中，一列长长的、造型优美、几乎空无一人的列车在距离加油站屋顶几米的上方经过，与公寓中间楼层擦肩而过。列车行驶的高架轨道在黑夜里难以辨析，所以列车看上去像是飘浮在半空中，加之列车新潮的造型和从窗户玻璃散发出的苍白如幽灵般的绿光，它看上去更像一项杰出的技术成就。公寓里，人们在看电视或是在厨房里忙碌；同时，车厢里零零星星的乘客，有的凝视窗外的城市，有的则在看报纸：这是一次前往塞维利亚或是科尔多瓦的旅程的开始，这次旅程将在洗碗机停止旋转或是电视机陷入安静之后很久才会结束。乘客和公寓里居住的人很少会注意到彼此，他们的生活沿着永不相交的直线向前发展，除了在一个短暂的时刻，同时进入一个观察者的眼里，而这个观察者是为了逃避旅馆里的哀伤氛围而出来散步的。

在阿姆斯特丹，一扇木门后面的庭院里，有一堵老旧的砖墙，尽管沿着运河刮来冷风，让人的眼睛极不舒适，几欲流泪，但这堵墙，在微弱的早春阳光中慢慢暖和起来。我将双手从口袋里伸出，让它们顺着砖块粗糙而凹凸不平的表面滑过。砖块似乎很轻，而且易碎。我有一种想亲吻它们的冲动，想去更加亲近地感受一种质地，这种质地让我想起了浮石，还有来自一家黎巴嫩食品店的哈尔瓦（芝麻蜜饼）。

在巴巴多斯的东海岸，我眺望一片深紫色的大海，它延绵着，一路畅行至非洲海岸。我所在的小岛突然显得小而柔弱，它那由野生的粉色花朵和杂乱的树木构成的夸张植被，似乎是对大海的森然和单调的抗议。我还记得湖区凡人旅馆窗外晨光中的景色：由柔软的志留纪岩石构成的山丘被嫩绿色的草所覆盖，草面上萦绕着一层雾。丘陵起伏，像是一只巨兽的背脊，这只巨兽已经躺下睡熟，或许随时有可能醒来，站起来有几英里高，它可以像甩掉它绿色毛毡夹克上的绒毛一样震落橡树和灌木。

2.

在与美邂逅的那一刻，我们会有一种强烈的冲动，就是一种握住它不放的渴望：将它占为己有，并使它成为自己生命中举足轻重的一部分。我们有一种迫切地表达的欲望："我曾在这里，我看见了它，它对我很重要。"

但是美是短暂的，它常常在那些我们无缘再见之地被发现，或者是在一定的季节、光线及天气情况下才能形成的难逢之景。那么，面对飘浮的列车、哈尔瓦式的砖块或英国的山谷时，我们如何才能紧紧把握其中的美呢？

照相机提供了一种选择。拍照可以稍稍满足那种拥有的渴望，这种渴望是被一个地方的美丽所激起的；我们对将要失去一幅珍贵的图景的焦虑，会随着快门的每一次闪动而逐渐消失。也许我们还可以尝试着让自己完全置身于一个美丽的地方，希望通过让自己更加接近于这地方而使它们在我们心中留下更深刻的印象。在亚历山大港，站在庞培石柱前，我们可以将自己的名字刻在花岗岩上，就像福楼拜那个来自桑德兰的朋友汤普逊。（"只要你看到了庞培柱，你必然就会看见'汤普逊'的字样；自然，你就会联想到汤普逊其人。这白痴已成了纪念柱的一部分，并使自己同庞培柱一起万世留名。……所有白痴差不多都有桑德兰的汤普逊这种德性。"）一种更加合适的方式也许是买一些纪念品——一个碗，一个涂漆的盒子或者一双拖鞋（福楼拜曾在开罗买了3块地毯），用以提醒我们已经失去的东西，就像是我们从分离的爱人那儿剪下的一缕发丝。

3.

约翰·罗斯金[1]出生于1819年2月的伦敦，他大多数作品都围绕着一个主题，即如何拥有美景。

从很小的时候开始，罗斯金就不同寻常地敏感于视觉世界里最细小的特征。他曾回忆起自己3、4岁时的情形："每天，我盯着地毯上的方形图案和不同的颜色，仔细研究原木地板上的木节，或是细数对面房舍的砖块数目，便会觉得心满意足。"对罗斯金的这种敏感，他的父母是鼓励的。他的母亲引领他进入自然，他的父亲，一个富有的雪利酒进口商，则在下午茶后读古典作品给他听，并且每周六都会带他去一家博物馆。在夏日的假期里，全家人环游英伦三岛和欧洲大陆，他们并不是为了娱乐或是消遣，而是为了美；通过这种方式，他们大致地了解了阿尔卑斯山的美、法国北部及意大利中世纪城市的美，尤其是了解了亚眠和威尼斯的美。他们坐在马车里慢慢地游览，一天从不超过50英里，并且每隔几英里就停下来观赏景色——一种罗斯金终其一生都在实践的旅游方式。

由于他对美和拥有美的兴趣，罗斯金得出了5条主要结论：首先，美是由许多复杂因素组合而成，对人的心理和视觉产生冲

1　Ruskin, John（1819—1900），英国作家、评论家和艺术家。对维多利亚时代英国公众的审美观有重大影响。——译者

击；第二，人类有一种与生俱来的倾向，就是对美作出反应并且
渴望拥有它；第三，这种渴望拥有的欲望有比较低级的表现形式，
包括买纪念品和地毯的渴望，将一个人的名字刻在柱子上的渴望
和拍照的渴望；第四，只有一种办法可以正确地拥有美，那就是
通过理解美，并通过使我们敏感于那些促成美的因素（心理上的
和视觉上的）而达到对美的拥有。最后，追求这种敏锐理解的最
有效的方式就是，尝试通过艺术，通过书写或绘画来描绘美丽的
地方，而不考虑我们是否具有这样的才华。

4.

在 1856 年至 1860 年之间，当旅游代理商托马斯·库克第一
次开始带领英国旅行团前往瑞士的阿尔卑斯山时，罗斯金最希望
教大家做的事就是绘画："绘画的艺术，对于人类而言，要比写作
的艺术更加重要，每个孩子不仅要学写字，更要学画画。无奈，
绘画艺术常被忽视和滥用，以至于懂得绘画基本原则的人少而又
少，即使是博学的教师也未必知道。"

为了矫正时弊，罗斯金出版了 2 本书，一本是 1857 年的
《绘画的元素》，另一本是 1859 年的《透视画法的元素》，同时
他还在伦敦的工人学院里作了一系列的演讲。在那里，他教授学
生——大多是伦敦的手工艺者——有关明暗法、色彩、尺寸、角
度和构图等方面的技巧。他的演讲大受欢迎，他写的书更是获得

了巨大的商业上的成功，因此，他更深信绘画不该只是属于小众的艺术："如果想学绘画的话，每个人身上都有不错的能力，就像学习法语，拉丁语或数学一样，可以达到某种程度并且学以致用。"

什么是绘画的要点？罗斯金强调为了追求美而画与一心画出好的作品或成为艺术家并没有冲突："人生来就是艺术家，就像河马生来是河马一样；你不能把你自己变成别人，就像你不能把你自己变成长颈鹿。"如果他伦敦东区的学生们在完成所有课程后，无法画出任何可以挂在画廊里展出的作品，他也并不介意。"我的目标并不是把一名工匠调教为一名艺术家，而是使他成为一名更加快乐的工匠。"他在 1857 年对皇家专门调查委员会做了此种表述。他诉苦说，他自己远非一个有天赋的艺术家。对于他孩童时代的绘画，他嘲讽说："在我一生中，我从未看到任何男孩的作品显得如此没有原创力，或是如此缺乏通过记忆来描绘的能力。我无法照原样画出任何东西，我画不出一只猫、一只老鼠、一艘船或是一把刷子。"

如果没有天赋的人都在绘画的话，那么，绘画的价值何在呢？罗斯金认为，绘画可以教我们去观察：不是走马观花地看，而是关注。在用我们的手再创造眼前的景物的过程中，我们似乎自然而然地从一个以松散的方式观察美的位置转向了另一个位置，在这个位置上，我们可以获得对美的组成部分的深刻理解，继而获得关于美的更深刻的记忆。一个曾经在工人学院学习过的小商

234.

人转述了罗斯金在课程结束时对他和他的同学们所说的话："现在，请记住，绅士们，我并没有试图教你们画，只是教你们去观察。两个男人正在穿越克拉尔市场，他们中的一个从市场的另一端走出去，出去时跟进来时并没什么差别；另一个注意到了卖黄油的妇女篮子旁边垂下的一些皱叶欧芹，并且带着美的影像离开。这种美的影像在他的日常生活中留存多日，不断重现。我希望你们这样去观察事物。"

罗斯金因为人们如此少地注意到细节而感到痛苦。他为现代旅游者的盲目和匆忙感到痛惜，尤其是那些得意于自己在 1 周时间内乘火车游遍欧洲（由托马斯·库克第一个在 1862 年提供的旅游行程）的人："我们在旅行时，如果我们放弃每小时走 100 英里，从从容容地行进，我们或许会变得健康些、快乐些或明智些。世界之大，远超过我们的眼界可以容纳的范围，不管人们走得多慢；走得快，他们也不会看到更多。真正珍贵的东西是所思和所见，不是速度。子弹飞得太快并不是好事；一个人，如果他的确是个人，走慢点也并无害处；因为他的辉煌根本不在于行走，而在于亲身体验。"

有一种标准可以衡量我们是多么习惯于对细节的疏忽：如果我们停下来注视一地的风景，停留时间约为完成一幅素描的时间，那我们将被认为是反常，甚至是危险的。10 分钟敏锐的专注是描画一棵树所必需的；然而最好看的树也很少能让过路人驻足 1 分钟。

　　罗斯金认为，假若我们只想旋风式地造访一个遥远的地方，就难以从这个旅途得到快乐，正如如果我们行色匆匆，就无法注意到垂在篮子边的欧芹这样的细节。有一段时间他对旅游业感到非常沮丧，1864年，罗斯金在曼彻斯特向一批富有的工厂老板大声疾呼："你们认为火车旅行其乐无穷。你们已经在沙夫豪森瀑布上架了一座铁路桥；你们在卢塞恩¹的泰尔教堂旁的高崖开挖隧道；你们已经破坏了日内瓦湖克拉朗堤岸；你们在英国乡间山谷升起大火，使得那里的宁静不复存在，你们在足迹所至的每个地方造起一堆让人生厌的白色旅馆。你们眼中的阿尔卑斯山不过是在有熊出没的花园里，一根擦过肥皂的柱子，你们爬上去，然后一边溜下来，一边快乐地尖叫。"

　　罗斯金的言辞有些过激，但两难处境却是真实的。技术也许让人们更加容易接触到美，但是它并没有使拥有或欣赏美的过程变得简单。

　　那么，照相机有什么错呢？没有，罗斯金最初这样想。"在这恐怖的19世纪，机械给人们带来了各种害处，但照相机提供了一种解毒剂。"他在评论1839年路易-雅克-芒代·达盖尔²的发明时这样写道。1845年，他在威尼斯拼命拍照，结果非常满意。他在写给父亲的信中说："利用银版摄影在阳光下拍摄到的东西非常

1　Lucerne：瑞士中部城市。——译者
2　Daguerre, Louis-Jacques-Mande（1787—1851），法国画家和物理学家，发明了达盖尔式照相法（又称银版照相法）。——译者

棒，它使整个皇宫跃然纸上，每一块碎片和上面的斑点都在，当
然，也不会有比例上的差错。"

然而，罗斯金逐渐察觉到摄影给它的大多数使用者带来了严
峻的问题，他的热情慢慢消失。使用者们不是把摄影作为积极而
有意识的观察的一种补充，相反，他们将它作为一种替代物，以
为只要有一张照片，自己就把握了世界的一部分。

罗斯金每次旅行总会画些素描。在解释他对绘画的热爱时，
罗斯金曾经提及说这种爱源于一种渴望。"不为名声，不为服务于
别人，也不为自己，而是来自一种像吃或喝一样的本能。"而绘
画、吃饭、喝水这三件事之所以可以相提并论，是因为它们全部
涉及自己从这个世界吸收好的元素，把好的东西输进来。据罗斯
金说，在孩童时代，他就非常喜欢草的样子，甚至常常想去吃它，
但是他渐渐发觉尝试把草画下来会更好："我过去经常躺在草地
上，并通过绘画来捕捉它们的成长过程——直到草地的每一平方
英尺的原野或碧绿的河畔成为我的一笔财产。"

照相本身并不能保证这样的收获。对于真正拥有一片景色而
言，实质是通过有意识的努力注意到各种元素并且了解它们的结
构。只要将眼睛睁开，我们就能见到许多美景，但是这份美在记
忆中存留多久却要依赖于我们领悟它的用心的程度。照相机模糊
了观看和注视之间、观看与拥有之间的区别；它或许可以让我们
择取真正的美，但是它却可能不经意地使意欲获得美的努力显得
多余。照相机暗示我们，只须拍摄一张照片，我们就做完了所有

（左图）罗斯金：《一根孔雀胸部羽毛的研究》，1873 年

238.

的功课，然而就清晰地了解一个地方（如一片树林）而言，就必然包含询问我们自己一系列的问题，比如："树干是如何与树根相连的？""雾是从哪里来的？""为什么一棵树的色泽似乎比另一棵更深？"——在素描的过程之中，类似的问题不断出现并得到回答。

5.

罗斯金认为人人都可拾起画笔，在这种观念鼓舞下，我开始在旅程中尝试着绘画。关于要画什么，我想，尽可以由着拥有美的渴望来引导，在那些以前想用相机拍下的地方动笔即可。在罗斯金看来，"你的艺术是对某些你所喜欢的东西的赞美。它或许仅仅是对一片贝壳或是一块石头的赞美。"

我决定画凡人旅馆里卧室的玻璃窗，一是因为它近在眼前，二是因为在一个明朗的秋日清晨它显得很迷人。结果如我所料，画出的东西很糟，但我仍然感觉学到了一些东西。画一件物体，不论画得有多糟，我们都会很快从模模糊糊的感觉递进到明确的知觉，分析这样东西的组成部分和特点。因此，"一扇窗"是一堆架子在合适处支撑着玻璃片，是由木条和凹槽组合成的体系，（旅馆的窗口是乔治亚式[1]的），12块玻璃看起来像正方形但其实

---

1 乔治亚式（Georgian），源于18世纪初英国国王乔治一世的新古典建筑风格，简单朴实。——译者

是长方形，窗格涂的是白色的涂漆，但看起来并不像真的白色，而是呈现出灰色、棕灰色、黄色、粉紫色和柔和的绿色，这得取决于光的强度和光线照射在木条上的情况（窗户的西北角有受潮的痕迹，那里的油漆因此略显粉红）。玻璃也不是完全明净；在玻璃的内部略有瑕疵，有些细小的气泡，像是结冻了的汽水，玻璃的表面有干了的雨滴的痕迹和玻璃清洁工的抹布不经意留下的拭痕。

绘画无情地揭示出了我们先前对于事物真实面目的无知。这里以树木为例。在《绘画的元素》的一段论述里，罗斯金借助他的插图说明，通常我们在动手画之前想象的树枝，跟我们更接近地观察后用纸笔去描绘是有区别的："树干并不是随意地从这里或那里生长出无规律的树枝来占据各自的位置，而是所有的树枝分享了一个类似于喷泉的巨大力量。那也就是说，一棵树大体上的形状不是像 1a，而像 1b；所有的粗树枝都将它们细小的分支向外延伸，形成一个弧度。同时每一根独立的树枝的形状不是 2a 而是 2b，也就是说，类似于一株花椰菜的结构。"

1a   1b   2a   2b

罗斯金：《枝条》，引自《绘画的元素》，1857 年

240.

在我的一生中，我已经见过许多橡树，但只有在花费了 1 个小时去画兰代尔峡谷中的一棵之后（尽管连小孩见了我画的东西都会觉得难为情），我才开始了解并记住了橡树的特征。

6.

我们可能从绘画中获得的另一个好处是：我们可以对某些风景和建筑吸引我们的深层原因有一种清醒了解。我们为自己的品位找到了解释，我们培养了一种"审美能力"——一种对美和丑进行判断的能力。我们更加确切地知道一座建筑物所缺乏的什么，而这也是我们不喜欢它的理由；同时我们也可了解我们赞叹的建筑之美缘何而起。我们更快地分析一种令我们感动的景色，并且明确指出它令我们感动的力量从何而来（"石灰岩和夕阳的结合"，或是"树枝越靠近河边越稀"）。我们从一种麻木的"我喜欢这个"转变为"我喜欢这个，因为……"，最后也能归结出自己喜欢的特点。即使我们只是在做着试验和尝试，关于美的法则也会进入脑中：光从旁边照向物体会比从顶部照射下来更好；灰色与绿色搭配很好；一条街要给人以空间感，建筑物的高度不能超过街道的宽度。

有了这种清晰的了解，更加牢固的记忆方可形成。这样一来就再无必要将我们的名字刻在庞培石柱上了。用罗斯金的话说，绘画使我们得以"定住即将消逝的云彩、颤抖的叶子及变幻的阴影"。

　　总结在 4 年的教学及编写绘画手册的时间里他所尝试做的事情，罗斯金解释说，他被一种渴望所驱使，这种渴望是"指引人们在物质世界中，把注意力精确地放置于上帝的作品所展现出来的美丽"。或许有必要引述罗斯金的一篇文字，文章中罗斯金明确指出，在一个具体的层面上，这种听上去有些奇怪的野心究竟可能包括什么："让两个人外出散步；一个是优秀的素描家，另一个则对这类东西毫无喜好。他们顺着一条林阴道往前走时，对这片景色的感受会有着很大的区别。一个将看到一条小路和树木；他会认为树是绿色的，但是他不会对此做任何的思考；他会看到阳光闪耀，并觉得很舒服，仅此而已！但是素描家会看到什么？他的眼睛习惯去探求美的原因，美的最细微的部分。他抬头向上看，观察阵雨般散射的道道阳光是如何从头顶闪烁的树叶间洒落下来，直到林间充满翠绿的光。他会这里看看，那里看看，一条树枝从树叶的遮蔽中伸出来，他会看到翠绿色的苔藓散发的宝石般的光芒，还会看到色彩斑斓的地衣，白色和蓝色，紫色和红色都交织、混合在一起，织成一片鲜艳夺目的锦缎。接着（他会看到）凸凹不平的树干和扭曲的树根，树根在陡峭的河岸像蛇一样地延伸开去，而岸边铺着草皮的斜坡，被有着千万种颜色的花朵镶嵌。这难道不值得细细品味吗？然而，如果你不会素描，你只会经过这条绿色的小路，当你再次回到家时，你不会觉得有什么值得一提或回味再三，你仅仅是走过了一条这样的小路。"

罗斯金:《光滑的梭子蟹》, 1870—1871 年

7.

罗斯金不仅鼓励我们在旅行的时候作画，同时他觉得我们应该写，他觉得，写作就是用文字画画，这样做可以巩固我们对于美的印象。在他的一生中，他的绘画非常受人尊敬，但是他的语言描画具有更重要的意义，它吸引了公众的想象力，并且在维多利亚时代晚期给他带来了显赫的名声。

令人陶醉的景致通常让我们意识到语言的贫乏。在湖区给一个朋友的明信片上，我带着某种绝望，匆忙写道，这里景色很美，天气潮湿、多风。罗斯金会将这样的语句更多地归因于懒惰，而不是缺乏能力。他认为，我们有能力进行大量丰富的语言描绘。导致失败的结果仅仅是因为我们没有问自己足够多的问题，没有精确地分析我们的所见和所感。我们不应当仅仅停留在"这片湖很美"的感觉上，我们应该更加积极地问自己："这片开阔的水面究竟有什么地方如此吸引人？它会让人联想到什么？除了用'大'这个词之外有什么更好的词可以形容？"以语言描画完成的作品不一定才华横溢，但至少它是一种探寻真实经验的结晶。

贯穿整个成年时代，罗斯金都对礼貌的、受过教育的英国人拒绝更有深度地谈论天气而感到沮丧，他们加诸天气的形容词总是"潮湿、风大"，这尤其让罗斯金感觉不适："人们对天气知之太少，这真是一件怪事。我们从来不关注它，我们从来不把它当作思考的主题，我们只把它看作一系列无意义和单调的事情，太

244.

普通，太无聊，以至于不值得花费一点时间留心或是以欣赏的眼光瞄上一眼。如果在百无聊赖之下，我们最后转向天空，可以说些什么呢？有人说潮湿，有人说风大，还有一种可能说挺暖和。在整个喋喋不休的人群中，谁能告诉我，在今天中午，环绕着地平线的一大片绵延的白色高山，究竟是何种形状，那峭壁又有何种姿态？谁看见从南面照射过来的狭长光束照耀着山顶直至白雪融化、奔流而下形成像蓝色的雨滴？谁看见当昨晚阳光不再照耀，被西风吹得犹如凋零的树叶般的朵朵乌云在空中的舞蹈？"

　　当然，答案就蕴涵在另一个有关艺术的功能和吃、喝的功能之间的类推中，罗斯金曾得意地说，他将天空装进了瓶子里，就像他的酒商父亲将雪利酒装进瓶子里一样小心翼翼。这里有 2 篇日记，记载了在 1857 年秋天，在伦敦，罗斯金将天空装进瓶子里的 2 天：

　　11 月 1 日一个红晕中的早晨，翻腾的云呈现出柔软的红色，云边的红更加鲜艳，接着渐渐变成紫色。灰色的云朵由西南飘来，从其下方向它们靠近，地平线上，飞云和卷云之间则是灰色的积云。多美的一天……远处所有的紫色和蓝色、树丛中迷蒙的阳光、绿色的田野……小心观察那精美的景致，蓝色的天空中撒满了金色的叶子，栗子树纤细而矮小，星星将黑暗衬出。

　　11 月 3 日黎明，紫色、泛红、优美。6 点的时候，出现一道灰灰、浓浓的云。接着，被照亮的紫色云朵穿过这堆灰色，露出了上

阿米蒂奇仿特纳 [1] 画作镌刻的《云》，引自罗斯金《现代画家》第 5 卷，1860 年

---

1 Turner, J. M. W.（1775—1851），一译透纳。英国浪漫主义风景画大师。
他时光、色彩和氛围表现的研究是无与伦比的。——译者

246.

方暗黄色的天空。所有的灰云，和更暗的飞云从西南方斜斜地飘过
天空，飘移得很快，然而却并不会让人感到紧张，最后它们渐渐散
去。灰色的天空中出现一道黄铜色的光线，光线不久便消逝，灰色
的早晨凸显在眼前。

8.

罗斯金的语言描画十分有力，因为他不仅描绘场景看上去像
什么（"草是绿色的，大地是灰棕色的"），而且还用心理学的语
言分析它们的力量（"草地很张扬，土地则怯生生的"）。他承认许
多场景因为美丽而打动我们，但这并不是建立在美学标准基础之
上——因为色彩搭配协调或者事物之间呈现的比例和对称，而是
建立在心理学标准的基础之上，因为它们体现了一种对于我们而
言十分重要的价值或心境。

在伦敦的一个早晨，罗斯金透过窗户看到了一些积云。如果
只是描述事实，可以说它们形成了一堵墙，几乎全是白色的，其
中有几个缺口，使得一些阳光可以穿过。但罗斯金以更丰富的心
理语言来看待他的对象："真正的积云，是云中最宏伟的……是最
不受风势影响的；它的整体移动显得沉重、连续不断、无法说明，
是一种稳定的前进或是后退，似乎它们被一种内在的意愿所驱动，
或被一种看不见的力量所操纵。"

在阿尔卑斯山，他用类似的心理语言描绘松树和岩石："我

无法不长时间怀着敬畏感，面对阿尔卑斯山的这一堵峭壁。抬头仰望它的松树，它们矗立在可望而不可即的险境，静静地站成一片，每一棵都像是它身边的那一棵的影子——直立、牢固、不识彼此。你无法触及它们，无法对它们大喊——那些树永远听不见人类的声音；它们不可能听到人类的声音，耳边只有风声。没有任何力量可以惊动它们，让它们的叶子掉落。这样的站立是辛苦的，然而这样钢铁般的意志，使得旁边的岩石都甘拜下风，自叹弗如——岩石与松树相比显得脆弱、无力，而且很不协调。松树呈现出一种深沉的生命力，沉浸在高傲中，不以单调为苦。"

通过这样的心理描述，我们似乎更加接近于一个问题的答案，这个问题就是为什么一个场景可以打动我们。我们更加接近了罗斯金式关于有意识地去理解我们所爱之物的目标。

9.

如果一个男子将车子停在一排高大的办公楼对面的马路边，那么不太会有人猜测他正在作文字素描。唯一的提示就是一本记事本被按在方向盘上，上面是他在长长的注视期间偶尔涂鸦写下的东西。

现在是晚上 11：30，我已经绕着船坞开了几个小时的车，并在伦敦城市机场前停下来喝了些咖啡（我一直想在这里看最后一班飞机，一架瑞航附属的十字航空 Avro RJ85 型飞机，飞向苏

罗斯金:《阿尔卑斯山顶》, 约 1846 年

黎世的天空——或者飞往波德莱尔所说的"任何地方！任何地方！"）。在回家的路上，我望见了西印度船坞上巨大而明亮的高楼。办公室似乎与四周朴素而微弱的灯光照亮下的房屋所形成的景致没有任何关联。它们出现在哈得孙河畔或是在前往卡纳维拉尔角的飞机的一边也许会更加合适。水蒸气从两座相邻的高楼的顶部升起，整个区域被笼罩上了一层均匀、稀薄的雾气。大部分楼层的灯依然亮着，甚至从远处都能看见室内的计算机终端、会议室、花盆里的植物和活动挂图。

这是一幅美丽的景色，并且，这种让人留恋的美让人心生拥有的渴望，如同罗斯金所说，这是一种只有艺术才能使之得到真正满足的渴望。

我开始了语言描画。描述性的文字非常容易地源源涌出：办公楼很高，其中一座的顶部就像金字塔，它两侧面有红宝石般的亮光，天空不是黑色的，而是呈现出一种橘黄。但是由于一种写实性描述似乎无法帮助我将景致如此动人的原因清楚地表达出来，我尝试着用比较偏向于心理的语言去分析它的美。这片景致的特别之处似乎是那弥漫于高楼顶上的夜与雾。夜晚让人将注意力转向了白天被忽视的办公楼的方方面面。在阳光的照射下，办公楼显得很普通，人们不会对它心生好奇，就像楼体上的玻璃不会吸引人的注意一样。然而，夜晚却倾覆了这种在白天被认为是普通的东西；它允许人们看到室内的情景，并且心生困惑，一切竟然都是如此奇特，令人吃惊和令人赞叹！办公室象征几千人之间的

250.

秩序与合作，同时还代表严格管制与烦闷无聊。官僚视角的严肃性在夜晚被削弱了，或者至少遭到了质疑。在黑暗中我们不禁感到好奇，活动挂图和计算机终端有什么用呢？这并不是说它们是多余的，只是它们在黑暗中看起来比较怪异、可疑。

　　与此同时，雾气引来愁绪。雾气弥漫的夜晚，犹如某种气味，将我们带回到我们曾经经历过的有着相同气息的其他时刻。我想起了在大学的夜晚，沿着灯光下的运动场走回住所；想起了那时的生活与现在的生活之间的区别，那些曾经困扰我的各种困境和失落让我产生了一种苦乐交集的伤感。

　　现在车身到处都是小纸片。语言描画的成果和我在兰代尔峡谷画的幼稚的橡树图之间区别并不大。然而作品好坏并不是关键。我至少已按照罗斯金所指出的两个艺术目的中的一个去做了，那就是了解痛苦，并探寻美的根源。

　　如同他在一群学生向他展示英国乡间旅游时所画的糟糕作品时所指出的："我相信视觉比绘画来得重要；我宁愿教我的学生绘画，从而让他们学会热爱自然，而不会教他们盯着自然，从而让他们学会如何绘画。"

回　归
RETURN

IX 习惯
On Habit

地点	哈默史密斯，伦敦
向导	塞维尔·德·梅伊斯特

254.

1.

我从巴巴多斯回到伦敦,发现这座城市依然固执地拒绝改变。我已看过蔚蓝的天空和巨大的海葵;我曾经睡在一间以椰纤做屋顶的湖边度假屋,吃下一条大鱼;我曾和小海龟一同游泳;在椰子树的树阴下读书。但是故乡却没有给我很好的印象。它仍然在下雨。公园满是积水,天空仍然是阴暗的。当我们心情很好,而又看到阳光明媚时,我们会很容易将产生于我们自身之内的情绪归因于周围环境所给予的影响。然而在我返回的时候,伦敦的外表却提醒我,世界对发生在人们身上的任何事件的冷漠。返回伦敦使我感到绝望。我注定要在这个可怕的城市生活下去。在这个地球,恐怕没有几个地方比这里更糟了。

2.

人类不快乐的唯一原因是他不知道如何安静地待在他的房间里。

帕斯卡《思想录》,第 136 页

3.

从 1799 年至 1804 年,亚历山大·冯·洪堡尝试了一次环绕南美洲的旅行,后来将描写他的所见的著作命名为《1799—1804

新大陆亚热带区域旅行记》。

在洪堡开始旅行的 9 年前，也就是 1790 年的春天，一个 27
岁的法国人，塞维尔·德·梅伊斯特，进行了一次环绕他的卧室
的旅行，后来将描写他的所见的文章命名为《我的卧室之旅》。这
次的经历让他感到非常满足，在 1798 年，德·梅伊斯特进行了
第 2 次旅行。这一次他彻夜在房间里游荡，并且冒险地走到了远
至窗台的位置，后来将他的描述命名为《卧室夜游》。

《1799—1804 新大陆亚热带区域旅行记》和《我的卧室之旅》
分别代表 2 种不同的旅行方式。第 1 种旅行要求有 10 匹骡子，30
件行李，4 个翻译员，一只经纬仪，一个六分仪，2 架望远镜，一
台博得经纬仪，一只气压计，一只指南针，一只湿度计，西班牙
国王写的介绍信和一把枪。第 2 种旅行，则需要一套粉红色和蓝
色相间的睡衣。

塞维尔·德·梅伊斯特 1763 年出生于法国阿尔卑斯山脚下
风景如画的小镇尚贝里。他天性热情而浪漫，喜欢读书，尤其是
蒙田、帕斯卡和卢梭的作品；喜欢绘画，尤其是画丹麦和法国国
内的风景。23 岁的时候，德·梅伊斯特开始迷上航空。在那之前
3 年，艾蒂安·蒙戈尔费埃已经因为制作了一只在凡尔赛宫上空
飞翔 8 分钟的热气球而为世人所知，热气球上的乘客包括一只名
叫"Montauciel"（意即"爬上天空"）的绵羊，一只鸭子和一只
公鸡。德·梅伊斯特和一个朋友用纸和金属线制作了一对翅膀，
计划飞往美洲。他们没有成功。2 年以后，德·梅伊斯特登上热

256.

气球，在坠入一片松树林之前，在尚贝里的上空飘浮了一会儿。

后来，到了 1790 年，德·梅伊斯特住在杜林一幢公寓楼顶层的一间素朴的房间里，在那里他率先开始了一种使他成名的旅行模式：室内旅行。

在介绍《我的卧室之旅》这本书时，德·梅伊斯特的哥哥，政治理论家约瑟夫·德·梅伊斯特，强调塞维尔的目的并不在于讽刺过去那些伟大旅行家——麦哲伦、德雷克[1]、安森[2]和库克——英雄般的经历。麦哲伦发现了一条西行的路线，通往南美洲南端的斯拜斯群岛；德雷克作了环球航行；安森绘制了精确的菲律宾群岛航海图，而库克证实了一个南方大陆的存在。"他们毫无疑问都很杰出。"约瑟夫写道。但他弟弟发现了一种更实际的旅行之道，让那些像他们一样缺乏勇气或财力不足的人也能一圆旅行梦。

"在我之前，有数百万人不敢去旅行，还有一些人不能去旅行，而更多的人甚至想都没有想过去旅行。现在，他们都可以模仿我。"塞维尔在准备他的旅行时解释说，"即使最懒惰的人在出发寻找快乐之前也将不会有任何借口犹豫不决，因为这样做既不费钱也不费力。"他尤其向穷人和那些害怕风暴、强盗和险峻悬崖的人推荐室内旅行。

1　Drake, Sir Francis（1540—1596），英国航海家，第一个环球航行的英国船长。——译者

2　Anson, George Anson, Baron（1697—1762），英国海军上将，其历时 4 年的环球航行成为海军英勇行为之壮举。——译者

4.

　　不幸的是，德·梅伊斯特开拓性的旅行方式，就像他的飞行器，并没有更深更远的影响。

　　故事的开始部分很不错。德·梅伊斯特锁上门，换上他的粉红色和蓝色相间的睡衣裤。没有了行李的累赘，他径直走向沙发，这是房间里最大的家具。他的旅行已经将他从惯常的无精打采中唤醒，他以旅人之眼注视沙发，并重新发现了它的一些特质。他赞叹它高雅的支脚，回想起他偎依在靠垫上的愉快时光，幻想着他一生中的爱情和事业上的晋升。他从沙发的角度打量自己的床，又一次从一名旅行者（观看事物）的角度出发，学会了欣赏这件复杂的家具。他为自己在床上度过的香甜夜晚心存感激，而他的床单和睡衣几乎总是搭配得很好，这也让他感到骄傲。"我建议每一个人如果可以的话，让他自己换上粉红的睡衣和白色的床单。"他写道，因为这些色调能给容易惊醒的人带来宁静和愉悦的幻想。

　　但是，德·梅伊斯特接下来的描述则有可能被指为偏离了主旨。他开始陷入冗长的题外话，他开始谈他的狗罗西尼；他的爱人珍尼；和他忠实的仆人约安那提。对室内旅行的独特之处深感兴趣的读者这时可能会把书合上，并觉得有点被背叛的感觉。

　　然而，德·梅伊斯特的作品来源于一种深厚而具有暗示性的洞察力：即我们从旅行中获取的乐趣或许更多地取决于我们旅行时的心境，而不是我们旅行的目的地本身。如果我们可以将一种

258.

游山玩水的心境带入我们自己的居所，那么我们或许会发现，这些地方的有趣程度不亚于洪堡的南美之旅中所经过的高山和蝴蝶曼舞的丛林。

那么，什么是旅行的心境？感受力或许是它最主要的特征。我们怀着谦卑的态度接近新的地方。对于什么是有趣的东西，我们不带任何成见。我们也许会让当地人感到不解。因为我们在马路上或狭窄的街道上，欣赏那些他们认为有些奇怪的小细节。我们冒着被车辆撞倒的危险是因为我们为一座政府建筑的屋顶或是刻在墙上的题字所吸引。我们发觉一间超市或是理发店不同寻常地迷人。我们用很长的时间思索着一份菜单的设计或是晚间新闻里主持人的服装。我们敏锐地感觉到被覆盖于现今之下的层层历史，并记笔记和拍照。

另一方面，家，使我们在期待中更能觉到安定感。由于在那里居住了很长一段时间，我们确信这附近不再会有什么有趣的东西。我们无法想象，在一个我们已经居住了10年或者更长时间的地方，还能发现什么新的东西。因为我们早已习惯了一切，因而对其视若无睹。

德·梅伊斯特试图将我们从被动状态中唤醒。在他关于室内旅行的第2部作品《卧室夜游》中，他走到窗前，抬头凝望夜空。天空的美景让他感触良多，为什么以前不懂得欣赏这样的寻常景色："现今能从这宏伟的景致中感到快乐的人真是太少了！天空对于困倦的人们来说毫无意义！对于那些出来散步或是挤出剧场的人群来说，抬头望一会儿，赞叹在他们头顶闪烁的星群，会让他们损失什么呢？"一般没有这样做的原因是因为他们从前从未这样做过。大家都习惯了，认为这个世界本来就很无聊——于是，生活正如他们所预期的一样无趣。

5.

我试图绕着我的卧室旅行，但是它这么小，仅够容纳一张床，以至于我得出结论，如果德·梅伊斯特的理论应用于我居住的小区，或许会更有价值。

因此，在3月间一个晴朗的下午，大约3点左右，在我从巴巴多斯回家几周后，我开始以德·梅伊斯特式的旅行方式环游哈默史密斯。在正午外出，而脑子里没有特定的目的，使我感到有些奇怪。一个妇女和2个金发小孩正沿着主干道往前走，道路两旁是各式各样的商店和饭馆。一辆双层巴士停在一座小公园的对面搭载乘客。一块巨大的广告板上刷着肉汁的广告。我几乎每天都行走在这条通往地铁站的道路上，并且只习惯于把它想成是到达我的目的地的必经之途。可以帮助我实现目标的信息吸引着我的注意力，无法吸引我的是那些被判断为不相干的事物。于是我留心观察人行道上行人的数量，因为他们可能挡住我的去路，反之我无视于他们的脸和表情，就如同无视于建筑物的形状或是商店里的活动一样。

作者的卧室

262.

　　情形也并不总是这样。刚搬到这一地区的时候，我关注的事物并不只限于这几点上。那时候，我还不会一心只想赶快到我要去的地方，而对周围场景视而不见。

　　刚进入一个新的地方的时候，我们的敏感性会引领我们注意很多东西，等到确认这个地方对我们而言有何功能之后，我们注意的东西就会越来越少。比方说，在一条街上或许有4 000种事物可以看到和想到，我们最后积极关注的却只有其中的3件至4件：在我们所走的路上的行人的数量、交通车辆的数量和下雨的可能性。我们最初对一辆公共汽车也许会从审美或机械构成的角度看待它，或许它会引发我们对城市内社区的思考，但久而久之，它在我们眼中变成了可以移动的盒子，它可以快速地把我们送到目的地，而路过的区域仿佛是不存在的，因为它们跟目的地无关。车窗外，一切都归于黑暗，什么都无法进入我们的视野。

　　我已经为街道限定了一系列可被称为有趣的东西的范围，其中没有金发的小孩、肉汁广告、铺就人行道的石子、店面的色调以及店员和领养老金的人们的表情。我只关注于自己的首要目标，而不会去考虑公园的布局，也不会注意到同一条街上竟然杂陈着乔治亚式、维多利亚式和爱德华式的建筑。我行走在这条道路上，不会感受到任何美的吸引，不会产生任何联想，没有什么东西能让我感到惊异或感动，我也无从萌发哲思。而代之，只有一个强烈的呼唤，那就是尽可能快地到达地铁站。

　　然而，追随着德·梅伊斯特，我尝试颠倒习惯的过程，并在抵达目的地前，尝试分离我周围的环境和我以往为这些地方所设定的用途。我强迫自己遵循一种特殊的精神命令：环顾我的四周，仿佛我从前从未来过这里。我的旅行慢慢开始有了收获。

我告诉自己，这里的每件东西都可能是有趣的，眼前的事物于是开始显现出潜在的价值。在原有的看法中，一长排商店不过是一片没有特色的红色建筑，但细看之下，我对这种建筑风格产生了认同。一家花店的两旁有乔治亚风格的柱子，肉店的顶部是维多利亚时代后期哥特式风格的怪兽状喷水口。饭馆里满是用餐的人，而不是各种只会动的形状。在一座装有玻璃门的办公楼里，我注意到一些人在一楼的会议室里做着手势。有人在使用投影仪，投影图上显出一张饼状图。与此同时，就在办公室对面的道路上，一个男人正在为人行道铺设新的水泥板，并仔细地固定它们的边角。我上了一辆公共汽车，这回我没有过多地考虑自己的事情，而是尝试着富有想象力地把自己同其他乘客联系起来。我能听到我前面一排的乘客交谈。在某个办公室里的某个人——很显然级别相当高的一个人，不曾尝试理解他人。这些级别相当高的人们抱怨别人效率多么低，但从来不反省他们做了些什么使问题更加严重。我想到了在同一座城市同一时间里处于不同生活水平上的人的多样性。我想到人们相类似的抱怨，他们抱怨别人自私，有眼无珠，但实质上，我们对别人的抱怨也就是别人对我们的抱怨。

周遭的一切不仅包括人和风格鲜明的建筑，而且开始聚集理念。我思考涌入这个区域的新财富。我试图判断出我为什么如此

264.

喜欢铁路的拱门以及为什么要修建切过地平线的高速公路。

　　独自旅行似乎有一个优点。我们对世界的看法通常在极大程度上受到我们周围人们的影响,我们调和自己的求知欲去满足别人的期待。他们或许已认定我们是怎样的人,因此我们不得不有意识地隐藏自己身上的某些东西。"我没想到你是那种对公路路桥感兴趣的人。"他们也许会以一种让你不自在的口吻说出他们的看法。被一个同伴近距离地观察会阻止我们观察别人,我们忙于调整自己以满足同伴的疑问和评价,我们不得不让自己看上去更正常,这样一来便影响了我们的求知欲。但是独自一人行走在哈默史密斯的正午,我却没有这样的顾虑。我可以无拘无束地做出些奇怪的举动。我描下了一家五金店的窗户的草图,并用生动的语言描绘了公路路桥。

6.

　　德·梅伊斯特不仅仅是一个室内旅行家。他也是一个传统意义上的伟大旅行家。他游览过意大利和俄罗斯,与皇家军队一同在阿尔卑斯山度过了一个冬天,并且在高加索与俄军交战。

　　在 1801 年一篇写于南美洲的自传体笔记中,亚历山大·冯·洪堡写到了他旅行的动机:"我被一种不确定的渴望所激励,这种渴望就是从一种令人厌倦的日常生活转向一个奇妙的世界。"正是这种对立的关系,即"令人厌倦的日常生活"与"奇

异的世界"相对的关系，引起了德·梅伊斯特的兴趣，他乐于为
这两个世界重新划出精妙的界限。他一定不会告诉洪堡，南美洲
是乏味的，他仅仅会催促他去思考，他的故乡柏林或许也能提供
某些东西。

80 年以后，尼采读了德·梅伊斯特的著作并大加赞赏（他自
己也是一个老在斗室打转的人），他曾发表如下感想：

有些人知道如何利用他们的日常生活中平淡无奇的经验，使
自己成为沃土，在这片沃土上每年能结出 3 次果实，而其他一些人
（为数众多）则只会逐命运之流，逐时代和国家变幻之流，就像一
个软木塞一样在上面漂来漂去。当我们观察到这一切后，我们会把
人分为两类：一种人可以化腐朽为神奇，另一种人则是化神奇为腐
朽，绝大部分人是后者，前者则为数寥寥。

我们遇见过穿越沙漠的人，在冰上飘泊或在丛林里穿越的人，
然而在他们的灵魂里，我们无法找寻到他们所见的痕迹。穿着
粉红色和蓝色相间的睡衣，心满意足地待在自己房间里的塞维
尔·德·梅伊斯特正在悄悄提醒我们，让我们在前往远方之前，
先关注一下我们已经看到的东西。

致谢

感谢西蒙·普罗瑟，米凯莱·哈奇森，卡罗琳·道内，米丽娅姆·格罗斯，诺加·阿里卡，尼可·阿拉吉，丹·弗兰克和奥利弗·克林佩。

图片致谢

Clements/CORBIS)

pp. 62–3 *Hotel Room*, 1931, oil on canvas, by Edward Hopper (© Museo Thyssen-Bornemisza, Madrid)

p. 67 Gustave Flaubert, photograph (© Bettmann/CORBIS)

p. 72 *Doors and Bay-Windows in an Arab House* (detail), 1832, watercolour and pencil drawing, by Eugène Delacroix (Département des Arts graphiques, Louvre/Photo: © RMN – Gérard Blot)

p. 83 *Bazaar of the Silk Mercers, Cairo*, lithograph by Louis Haghe after a drawing by David Roberts, from *Egypt and Nubia*, published by F. G. Moon, 1849, London (By permission of the British Library)

p. 85 *Private Houses in Cairo*, engraving from Edward William Lane's *An Account of the Manners and Customs of the Modrn Egyptians*, 1842, London

p. 92 *Women of Algiers in Their Apartment*, 1834, oil on canvas, by Eugène Delacroix (Louvre, Paris/Photo: © RMN – Arnaudet; J. Schormans)

p. 95 Gustave Flaubert in Cairo, 1850, photograph by Maxime du Camp (Photo: © RMN – B. Hatala)

p. 101 *Alexander von Humboldt and Aimé Bonpland in Venezuela* (detail), *c.* 1850, oil on canvas, by Eduard Ender (1822–83) (Brandenburgische Akademie der Wissenschaften, Berlin/AKG London)

p. 106 *Alexander von Humboldt and Aimé Bonpland in Venezuela*, *c.* 1850, oil on canvas, by Eduard Ender (1822–83) (Brandenburgische Akademie der Wissenschaften, Berlin/AKG London)

p. 115 *Esmeralda, on the Orinoco*, from *Views in the Interior of Guiana*, engraved by Paul Gauci (*fl.* 1834–67) after a lithograph by Charles Bentley (1806–54) (Stapleton Collection/Bridgeman Art Library)

p. 118 *Alexander von Humboldt and Aimé Bonpland at the Foot of Chimborazo*, 1810, oil on canvas, by Friedrich Georg Weitsch (Staatliche Schlösser und Gärten/AKG London)

pp. 120–21 *Géographie des Plantes Equinoxiales,* from *Tableau physique des Andes et Pays voisin*, 1799–1803, by Alexander von Humboldt and Aimé Bonpland (© Royal

Geographical Society)

p. 129 *William Wordsworth* (detail), 1842, oil on canvas, by Benjamin Robert Haydon (By courtesy of the National Portrait Gallery, London)

pp. 142–3 *The River Wye at Tintern Abbey*, 1805, oil on canvas, by Philip James de Loutherbourg (1740–1812) (Fitzwilliam Museum, University of Cambridge/ Bridgeman Art Library)

p. 152 *Kindred Spirits*, 1849, oil on canvas, by Asher B. Durand (Collections of the New York Public Library, Astor, Lenox and Tilden Foundations)

p. 157 Map of Egypt (detail), from Arthur Penrhyn Stanley's *Sinai and Palestine*, published by John Murray, 1859, London

p. 157 *Edmund Burke* (detail), 1771, oil on canvas, by Sir Joshua Reynolds (By courtesy of the National Portrait Gallery, London)

p. 157 *Job* (detail), oil on canvas, by Léon Joseph Florentin Bonnat (1833–1922) (Musée Bonnat, Bayonne/Lauros/Bridgeman Art Library)

p. 160 *Rocky Mountains, 'Lander's Peak'*, 1863, oil on linen, by Albert Bierstadt (Courtesy of the Fogg Art Museum, Harvard University Art Museums, Mrs William Hayes Fogg. Photographic Services © 2001 President and Fellows of Harvard College)

pp. 162–3 *An Avalanche in the Alps*, 1803, oil on canvas, by Philip James de Loutherbourg (Tate, London. © Tate, London 2001)

p. 164 *Chalk Cliffs in Rügen*, c. 1818, oil on canvas, by Caspar David Friedrich (Oskar Reinhart Collection, Winterthur/AKG London)

p. 183 *Self-portrait*, 1886/7, oil on artist's board mounted on cradled panel, 41 × 32.5 cm, by Vincent van Gogh, Dutch (1853–90) (Joseph Winterbotham Collection, 1954.326 The Art Institute of Chicago. Photograph © 2001, The Art Institute of Chicago, All Rights Reserved)

pp. 183, 195 *Cypresses*, 1889, pencil, quill and reed pen, brown and black ink on wove paper, 62.2 × 47.1 cm, by Vincent van Gogh (Brooklyn Museum of Art, Frank L. Babbott and A. Augustus Healy Funds. © 2001 Brooklyn Museum of Art, New York)

p. 196 *Wheat Field and Cypresses* (detail), 1889, black crayon, pen, reed pen and brown ink on paper, 47 × 62.5 cm, by Vincent van Gogh (Van Gogh Museum, Amsterdam / Vincent van Gogh Foundation)

p. 199 *Olive Grove*, 1889, oil on canvas, by Vincent van Gogh (Collection Rijksmuseum Kröller-Müller, Otterlo)

p. 203 *'The Yellow House' (Vincent's House)*, *Arles*, 1888, oil on canvas, by Vincent van Gogh (Rijksmuseum Vincent van Gogh, Amsterdam/AKG London)

p. 213 *Sunset: Wheat Fields near Arles*, 1888, oil on canvas, by Vincent van Gogh (Kunstmuseum Winterthur, Winterthur. © 2001)

p. 215 West India Docks from *London A-Z Street Atlas* (Reproduced by permission of Geographers' A-Z Map Co. Ltd. Licence No. B1299. This product includes mapping data licensed from Ordnance Survey®. © Crown Copyright 2001. Licence number 100017302)

p. 215 *John Ruskin* (detail), 1879, watercolour, by Sir Hubert von Herkomer (Courtesy of the National Portrait Gallery, London)

p. 224 *Study of a Peacock's Breast Feather*, 1873, watercolour, by John Ruskin (Collection of the Guild of St George, Sheffield Galleries & Museums Trust)

p. 227 *Branches*, drawing by John Ruskin from John Ruskin's *The Elements of Drawing*, 1857, London

p. 229 *Velvet Crab, c.* 1870–71, pencil, watercolour and bodycolour, on grey-blue paper, by John Ruskin (Ashmolean Museum, Oxford / Bridgeman Art Library)

p. 232 *Clouds*, engraving by J. C. Armytage after a drawing by J. M. W. Turner, from John Ruskin's *Modern Painters*, Vol. 5, 1860, London

p. 236 *Alpine Peaks*, ? 1846, pencil, watercolour and bodycolour, on three joined sheets, by John Ruskin (Birmingham Museums and Art Gallery)

p. 241 *Le Comte Xavier de Maistre (1763–1852)* (detail), engraving by Baron de Steuben (Photo: © Roger-Viollet)

All other photographs were taken by the author.

图字：09-2002-320号

图书在版编目（CIP）数据

　　旅行的艺术 /（英）阿兰·德波顿
（Alain de Botton）著；南治国,彭俊豪,何世原译
. — 上海：上海译文出版社,2020.6（2024.8重印）
（阿兰·德波顿作品集）
　　书名原文：The Art of Travel
　　ISBN 978-7-5327-8504-9

　　Ⅰ.①旅… Ⅱ.①阿… ②南… ③彭… ④何… Ⅲ.
①随笔—作品集—英国—现代 Ⅳ.①I561.65

　　中国版本图书馆CIP数据核字（2020）第107318号

旅行的艺术
[英]阿兰·德波顿　著　南治国　彭俊豪　何世原　译
责任编辑 / 衷雅琴　封面设计 / 观止堂_未氓　内文版式 / 高　熹

上海译文出版社有限公司出版、发行
网址：www.yiwen.com.cn
201101　上海市闵行区号景路159路B座
上海盛通时代印刷有限公司印刷

开本 890×1240　1/32　印张 9　插页 5　字数 104,000
2020 年 8 月第 1 版　2024 年 8 月第 7 次印刷
印数：27,001—31,000 册

ISBN 978-7-5327-8504-9/I·5234
定价：58.00 元